MEURTRE CHEZ TANTE LÉONIE

ESTELLE MONBRUN

MEURTRE
CHEZ TANTE LÉONIE

VIVIANE HAMY

© Éditions Viviane Hamy, 1994
Conception graphique de la couverture : Pierre Dusser
© Photo : Adagp, Paris 2006
ISBN 978-2-87858-228-4

...si j'étais un faiseur de livres,
je ferais un registre commenté des morts diverses...

MONTAIGNE

I

Le temps n'était guère de saison en ce surprenant matin de 18 novembre. Émilienne dut le reconnaître, alors qu'elle avançait péniblement sur le chemin de halage. Sa sciatique la faisait souffrir. Après plusieurs jours d'une pluie battante, de crues soudaines du Loir et de brouillard sans fin, le soleil avait fait une miraculeuse réapparition, ourlant de traits lumineux les branches désolées des arbres, rosissant les façades des maisons du village. Il allait faire beau.

Émilienne pressa le pas. Il ne s'agissait pas d'être en retard, avec cette réunion des proustiens américains. Quelle idée de venir en novembre! D'habitude, les manifestations avaient lieu l'été. Et c'était bien assez de travail sans avoir à penser au chauffage, à la boue... Émilienne « s'occupait » de la maison des Proust, comme elle disait, depuis plus de vingt ans. Elle en connaissait tous les recoins, en avait ouvert tous les placards et y avait vu défiler plus de personnel temporaire que bien des directeurs de grande entreprise.

Elle était du pays et la Mairie la payait au titre nouveau de « technicienne de surface » pour qu'il n'y ait ni poussière ni désordre dans la maison de feu Mlle Amiot,

9

que des visiteurs venus du monde entier s'obstinaient à appeler « la Maison de Tante Léonie ». Émilienne secoua la tête avec désapprobation, au moment où elle dépassa le lavoir, en pensant aux « accourus » qui envahissaient périodiquement le village, le même livre à la main, cherchant à retrouver « le parfum de Combray », comme disait la secrétaire du moment. Émilienne prononçait « sécretaire » et avait peu de respect pour les bonnes à rien successives qui remuaient des paperasses. La dernière était la pire. Gisèle Dambert. Une stagiaire, une mijaurée parisienne, qui avait apporté un ordinateur et fait changer la serrure de la pièce qui servait de bureau.

— Ne touchez pas au bureau, Émilienne, répétait-elle avec son accent pointu.

— Je me demande ce qu'elle y trafique dans ce bureau, maugréait fréquemment Émilienne à l'épicière d'à côté.

— Vous croyez... insinuait la commerçante d'un air entendu.

— Ah! rien ne m'étonnerait avec tous ces étrangers, continuait Émilienne en hochant la tête. Je vous le dis, Mme Blanchet, un de ces jours, il y aura un malheur.

Le malheur, jusqu'ici, pour Émilienne, c'était un carreau cassé, un objet disparu, une tuile tombée du toit – les impondérables qui lui donneraient « plus de travail », qui risquaient d'entraver la bonne marche de la Maison, les menus incidents susceptibles de détériorer temporairement le statu quo du lieu et de nécessiter une éventuelle intervention des ouvriers, ses ennemis personnels, avec la secrétaire.

— Qu'est-ce qu'elle va encore m'avoir inventé aujourd'hui? grommela Émilienne, en poussant vigoureusement la grille du jardin – ce qui fit retentir le son aigrelet du vieux grelot en fer.

Tout semblait normal. Les parterres étaient prêts pour l'hiver. Les dernières feuilles avaient été ramassées la veille par le jardinier. La porte vitrée de l'orangerie était close. On devinait à l'intérieur des chaises en rotin fraîchement repeintes et impeccablement rangées. « Vrai, on se prépare pour ces Américains comme s'ils étaient des messies », pensa-t-elle. « Enfin, tant qu'ils rapportent de l'argent... » Son regard tomba sur la statue de la petite baigneuse, légèrement déplacée sur son socle, au milieu du parterre principal, et dont le plâtre sali, écaillé par endroits était cruellement éclairé par les premiers rayons du soleil. « Si on ne veut pas que le gel la fasse complètement craquer, il faudrait la serrer à l'intérieur », songea-t-elle. « Je croyais que Théodore l'avait fait. Ils ont dû la ressortir pour la réunion. Demain, je la rentre », décida-t-elle en déverrouillant rageusement la porte de la Maison.

Le froid caractéristique des demeures inoccupées la rappela à son premier devoir : la chaudière. C'était une guerre perpétuelle entre la machine et elle, chacune se demandant qui céderait la première. Sans grand espoir, Émilienne descendit les escaliers menant au sous-sol et passa une bonne heure à mettre « la bête en marche ». Puis elle se concentra sur les pièces du rez-de-chaussée, ouvrit les volets, lava le carrelage de l'entrée, épousseta les meubles. Elle se sentait un peu chez elle, tant que l'autre n'était pas là. Et l'autre n'arriverait pas avant 12 h 32, par le premier train de Paris. Apparemment, il n'y avait pas d'autre message que le rituel « Vérifier la propreté des toilettes. » Elle avait tout son temps. La chaleur du chauffage et du soleil hivernal combinée à la fatigue de l'exercice physique la poussa inexorablement vers l'un des fauteuils du petit salon où elle décida de se reposer avant de nettoyer les chambres du haut. Elle avait mal dormi la nuit précédente, cherchant vainement une position moins inconfortable pour alléger son mal de dos, et ne tarda pas à s'assoupir, un plumeau à la main, la bouche légèrement entrouverte, laissant échapper un ronflement d'aise qui ressemblait étrangement au ronron régulier d'un chat satisfait.

Ce fut la sonnerie du téléphone qui la tira sans douceur de cet intermède bienfaisant. Réveillée en sursaut, elle maudit la « sécretaire » dont les précautions ne lui permettaient pas d'avoir libre accès au lieu d'où émanait la source du bruit. En fait, il y avait quelque chose d'insolite dans cette sonnerie à répétition. Elle n'aurait pas du être aussi stridente. On n'aurait pas dû l'entendre avec autant de netteté. À moins... à moins que la porte du bureau ne soit ouverte.

Oubliant ses douleurs, Émilienne monta quatre à quatre les marches cirées de l'escalier. Arrivée en haut, elle constata qu'effectivement la porte du bureau était entrebâillée. Stupéfaite, elle se demanda si elle allait oser répondre au téléphone. D'un côté, ça ferait voir à l'autre... Brusquement, elle prit sa décision. Elle ouvrit toute grande la porte entrouverte et allait poser la main sur l'appareil quand son pied heurta une sorte de damier noir et blanc.

Surprise, elle recula d'un pas sans quitter des yeux ce qu'elle prit d'abord pour un grand chiffon posé négligemment sur le parquet. Soudain, le morceau de tissu prit corps. Elle vit qu'il avait des bras et des jambes immobiles et une perruque noire qui gisait au milieu d'une flaque rouge. Le « chiffon » était un tailleur à carreaux, à l'intérieur duquel Émilienne crut que Gisèle Dambert était morte.

Sans prendre garde au fait que la sonnerie du téléphone s'était enfin arrêtée, Émilienne, horrifiée de voir ainsi réalisés ses vœux les plus secrets, redescendit les marches plus vite encore qu'elle ne les avait montées, et se précipita dehors en criant :

– La sécretaire est morte! La sécretaire est morte!

Dans son affolement, elle ne remarqua pas que la porte d'entrée qui donnait sur la rue n'était pas fermée à clé.

Quelques minutes plus tard, confortablement assise dans l'arrière-boutique de Mme Blanchet, qui répétait inlassablement : « C'est pas Dieu possible! C'est pas Dieu possible! », Émilienne avalait à petites gorgées un deuxième verre de cognac, quand le garde champêtre, la moustache méticuleusement taillée, l'uniforme irréprochablement repassé, le regard guilleret, fit son apparition. Émilienne connaissait Ferdinand depuis toujours. Enfants, ils avaient souvent joué au gendarme et au voleur. À vingt ans, elle avait eu des vues sur lui. Mais il avait épousé une fille de Bailleau. Maintenant, il était veuf et sa sœur tenait son ménage. Elle se redressa légèrement sur sa chaise et remit en place une mèche de cheveux gris échappée de son chignon alors qu'il s'esclaffait :

– Eh bien, Émilienne, qu'est-ce qu'on me raconte? qu'est-ce qui se passe?

– Qu'est-ce qui se passe? Il se passe que la sécretaire est morte. Elle est là-haut, dans son bureau. Tu peux aller voir. Moi je n'y remonte pas. Je n'y remonterai jamais. Quand je pense que j'étais en bas, tranquillement, en train de...

Elle s'interrompit juste avant de prononcer le verbe interdit. Dans son agitation, elle avait failli se trahir.

13

— Tu en es sûre?

— Évidemment que j'en suis sûre. Je l'ai vue, de mes yeux vue, par terre... dans une mare de sang, ajouta-t-elle, se souvenant pour la circonstance d'un des clichés de base des rares romans policiers qu'elle avait lus.

— Bon. J'y vais. Que personne ne bouge, ordonna Ferdinand.

Le peu de temps que dura son absence fut plein du flot incessant des paroles inutiles de Mme Blanchet, que n'endigua point l'arrivée de la femme du dentiste qui venait aux nouvelles. Tendue comme un fil de fer, l'œil fixé sur la porte de la boutique, Émilienne semblait attendre un verdict.

Après ce qui lui parut une éternité, un peu pâle, le garde champêtre revint lentement vers elle et annonça d'un ton consterné :

— Il va falloir appeler Paris.

— Paris? s'écria Émilienne. Paris! Pourquoi pas Chartres?

— Paris, parce que ce n'est pas Gisèle Dambert qui est là-haut, Émilienne. Ce n'est pas la secrétaire. C'est la présidente de leur société américaine, la Proust Association comme ils disent.

— La présidente de... Mme Bertrand-Verdon?

C'en était trop. Saisie de sueurs froides, Émilienne eut l'impression d'avoir la nausée, sa vue se brouilla, son souffle se fit court. Son corps anguleux glissa sans résistance de sa chaise et aurait heurté le sol si les bras encore vigoureux du garde champêtre ne l'avaient retenu à temps. À soixante-deux ans, pour la première fois de son existence, Émilienne Robichoux s'évanouit.

II

En cet instant précis, Gisèle Dambert vidait désespérément, et pour la troisième fois, le contenu de son sac à main devant un guichet de la gare Montparnasse. Elle était sûre, absolument sûre, d'avoir glissé son porte-monnaie dans le deuxième compartiment, celui dont la sécurité était assurée par une fermeture Éclair. Derrière elle, on s'impatientait. Une mère de famille rassurait ses deux enfants, l'un barbouillé de chocolat et l'autre rouge de colère, hurlant à l'unisson « Ma-man » — avec de périodiques : « la demoiselle a bientôt fini » de plus en plus exaspérés. Un monsieur distingué en complet à rayures discrètes et cravate assortie soupira distinctement. Un autre, moins distingué, dit à voix haute : « Alors, elle se magne ou quoi?... Pas qu'ça à foutre, moi. » Enfin, l'employée de la SNCF ayant terminé une diatribe adressée à sa collègue sur les désavantages du point de chausson pour raccourcir les ourlets ramena son regard courroucé sur le carré de vitre qui la séparait des voyageurs et aboya :

– Alors?

Gisèle Dambert sursauta et laissa tomber, pêle-mêle, une paire de lunettes, un petit poudrier, un carnet

15

d'adresses dont plusieurs feuilles se détachèrent aussitôt et un stylo en argent qui se brisa net. Profitant de ce qu'elle était courbée en deux dans un vain effort pour rassembler le tout, la mère de famille la bouscula légèrement, avança d'un pas résolu et éructa tout en brandissant une carte à bandes tricolores :

— Trois allers Chartres. Famille nombreuse.

À cet instant, Gisèle se souvint de la bousculade à la station Châtelet, quand elle était descendue du métro. Il y avait une telle foule. Elle était entourée d'une bande d'adolescents qui faisait hurler une radiocassette et se lançaient des plaisanteries douteuses en verlan. L'odeur de soufre du RER était plus irrespirable que jamais et dans sa précipitation, elle avait maladroitement accroché la bride de son sac au coin d'une banquette. Le gentil jeune homme qui l'avait aidée à se désempêtrer et qu'elle avait si profusément remercié devait être un pickpocket !

À près de trente ans, Gisèle Dambert restait naïve et avait gardé sa timidité d'enfant. On la croyait hautaine alors qu'elle était simplement en état d'effroi permanent. Elle ne souriait que rarement, par peur de montrer des dents qu'elle trouvait trop écartées et portait des jupes qui descendaient au-dessous du mollet dans l'espoir de dissimuler la longueur de ses jambes. Dans sa famille, une bonne famille de province, solidement ancrée dans le sol tourangeau, mais peu versée dans la psychologie enfantine, elle avait toujours été la seconde. De sa sœur aînée, leur mère aimait à répéter : « Yvonne, c'est la beauté même. » La beauté même s'était mariée après le bac avec un étudiant en médecine qui était devenu une célébrité en rhumatologie. Ils avaient trois enfants parfaits, un grand appartement au centre de Paris, un chalet près de Combloux et une villa en bord

16

de mer du côté de Cassis. Et ils voyageaient. Yvonne était toujours en train de revenir d'Égypte, de partir pour Tokyo ou d'aller rejoindre Jacques en Amérique, le cheveu traité par Lazartigue, les bagages offerts par Vuitton et tout à l'avenant. Elle semblait toujours sortir, parfumée, souriante, d'un coffret de luxe et quand on lui demandait ce qu'elle faisait dans la vie, elle répondait selon l'occasion de sa voix mélodieuse et provocante : « Le moins possible » ou bien « Oh ! je peins sur émail. » Et c'était vrai. Elle créait de charmantes scènes aux couleurs chatoyantes, qui ravissaient les enfants – poupées assises sur le bord d'une fenêtre, jardin tropical aux fleurs extravagantes, animaux exotiques en train de se poursuivre joyeusement. Sa dernière série était différente. Des îles.

« Yvonne ne se serait jamais fait prendre son porte-monnaie dans le métro », se dit Gisèle, en se résignant à quitter la file et à faire face à l'horreur de la situation. « Pour la bonne raison qu'elle ne le prend jamais », ajouta une voix intérieure qu'elle n'aurait jamais accepté d'entendre avant la scène de la nuit dernière. Elle jeta un coup d'œil sur le panneau horaire. Son train partait dans sept minutes. La transgression n'était pas son fort mais cette fois elle n'avait pas le choix. Si elle n'arrivait pas à temps, elle risquait trop gros. Le nom de Selim s'imposa à elle avec une telle intensité qu'elle en trébucha. « Selim me dirait de monter dans le train », pensa-t-elle. Elle avança comme une automate jusqu'au quai n° 22, ignorant superbement l'orange criard des machines à composter, et choisit un compartiment non-fumeurs.

Il y avait peu de monde dans le wagon et elle s'installa côté couloir pour pouvoir se réfugier dans les toilettes à la moindre apparition d'une casquette. Elle commença à se détendre. Elle se permit de fermer les yeux. « Selim. Selim. » Le nom seul suffisait à l'amener au bord de larmes qu'elle ne pouvait plus même verser.

– Excusez-moi.

Sans rien ajouter, précédé des effluves d'un after-shave qu'elle identifia immédiatement et qui la ramena deux ans en arrière – *Eau sauvage*, elle se souvenait du vert du flacon, elle se souvenait... –, un grand homme mince s'installa avec élégance en face d'elle, côté fenêtre, posa sur la banquette un livre dont elle ne put pas voir le titre et déplia un journal. « Il aurait pu s'asseoir ailleurs, se dit-elle, vaguement ennuyée, il y a d'autres places. Il va aller à reculons. » Elle se demanda si elle devrait se lever, changer de compartiment... Le train s'ébranla au moment où elle esquissait un mouvement. Elle resta où elle était. En face d'elle, le voyageur, complètement absorbé par la lecture du *Monde*, croisa une jambe sur l'autre, avec un léger soupir qu'on pouvait prendre pour une réaction aux mauvaises nouvelles qu'il était en train de découvrir.

Parce qu'elle était en situation irrégulière, Gisèle n'osa pas sortir la masse de papiers habituelle de son sac de voyage. Pourtant, il faudrait bien qu'elle relise, à un moment ou à un autre, ses conclusions avant de les remettre à son directeur de thèse, qui serait sans nul doute à la réunion de la Proust Association et lui demanderait une fois de plus quand elle aurait fini. Elle avait fini. Depuis plus d'un mois. Elle allait devoir avouer la vérité sur ces dernières semaines. Et sur Adeline Bertrand-Verdon. Elle en avait froid dans le dos. « Cœur de lièvre », murmura la voix moqueuse d'Yvonne. « Cœur de lièvre », lui avait-elle répété mille fois en observant

18

ses piètres efforts pour apprendre à nager en dépit de sa peur chronique de l'eau... En face d'elle, le voyageur était absorbé par la section « Étranger » de son journal. Gisèle ouvrit au hasard la dernière édition du *Temps retrouvé* et lut : « *Il était triste pour moi de penser que mon amour auquel j'avais tant tenu, serait dans mon livre, si dégagé d'un être que des lecteurs divers l'appliqueraient exactement à ce qu'ils avaient éprouvé pour d'autres...* »

— Billets, s'il vous plaît.

Elle ne l'avait ni vu ni entendu venir par la porte située derrière elle. Mais il était là, en uniforme, le nez rougi, l'air peu amène. Que dire ? Gisèle se sentit pâlir. Attrapa machinalement son sac à main. Songea à prendre l'air innocent, à mentir. Quelques secondes de répit lui furent accordées par le temps que mit son compagnon de voyage à extirper de son attaché-case un billet parfaitement valable et impeccablement plié. Il le donna d'un geste désinvolte au contrôleur qui y fit un petit trou sans même vérifier la date du compostage.

— Madame ?

— Je... je n'ai pas de billet, balbutia lamentablement Gisèle sous le regard désabusé de l'employé des chemins de fer, qui en avait entendu d'autres.

— Ça va vous coûter un supplément, soupira-t-il, en tirant un carnet de sa sacoche.

— C'est que... je n'ai pas d'argent. J'étais en retard... J'ai pensé que je pourrais payer... à l'arrivée.

Le contrôleur hésita. Elle n'avait pas l'air d'être de mauvaise foi. Plutôt d'un animal pris au piège.

— Enfin, vous savez très bien qu'on ne peut pas voyager sans titre de transport ! Vous n'avez pas de carnet de chèques ? À la rigueur...

Mais elle n'avait pas de carnet de chèques. Elle lui répondit sur un ton que l'embarras rendait cassant :

— On m'a volé mon portefeuille... Je n'ai pas eu le temps...

— Vous avez signalé le vol aux autorités?

— Non, je n'ai pas eu le temps... répéta-t-elle.

Le contrôleur leva les yeux au ciel.

— Dans ces conditions, vous descendez au prochain arrêt. Versailles. Dans neuf minutes. Et vous vous expliquez à la gare avec mon supérieur.

— Mais c'est impossible. Vous ne comprenez pas. Il faut absolument, absolument que j'arrive... J'ai une réunion. Le colloque Proust. Pour mon travail... plaida-t-elle, en ayant l'impression que les regards curieux des autres voyageurs étaient tous fixés sur elle et d'être au centre d'un océan de désapprobation.

— Mon travail à moi, c'est de dépister les contrevenants. Et vous...

— Permettez-moi... Son voisin s'était levé, avait ouvert un porte-monnaie en cuir fauve et sorti un billet de cent francs. Je me rends aussi au colloque. Permettez-moi de vous aider. Vous me le rendrez plus tard.

Fut-ce parce qu'elle n'avait pas d'autre option ou à cause de la lueur bienveillante qu'elle décela dans ses yeux gris? À cause du regard qui n'était ni accusateur ni protecteur, simplement attentif? Elle accepta, avec un bref « merci ». Après avoir maugréé contre les voyageuses qui contrevenaient au règlement, le contrôleur lui délivra un billet – avec supplément adéquat et leçon de civisme – et poursuivit sa route à la recherche de nouvelles victimes.

Contrairement à ses habitudes, Gisèle fixa son sauveteur. Il lui rappelait quelqu'un. Un journaliste? Un acteur? Elle avait vu ce visage quelque part. À la télévision. Un politicien. Il ressemblait un peu au nouveau vice-président des États-Unis, une certaine raideur, un air infiniment sérieux. Elle se surprit à lui tendre la main et à articuler avec un demi-sourire :

– Je m'appelle Gisèle Dambert. Je travaille sur les manuscrits de Proust.

– Jean-Pierre Foucheroux, répondit-il. Je n'en suis qu'au milieu de *Swann.*

Elle observa le livre ouvert sur la banquette, jaugea l'épaisseur des deux côtés et devina :

– La soirée Sainte-Euverte. La première version...

Elle s'arrêta net, craignant qu'il ne la classât dans la catégorie « bas-bleu ».

– Vous êtes professeur? demanda-t-il doucement.

– Oui... non, enfin j'étais... Je suis en train d'écrire une thèse. Ce n'est pas très intéressant...

Il comprit intuitivement qu'elle souhaitait se taire. Il ne protesta pas. Dans son métier, il avait appris à attendre que les gens soient prêts à parler. Il lui rendit son demi-sourire et reprit le livre abandonné après avoir confirmé d'un bref regard sa première impression. À cause de ses yeux noirs fixés droit devant elle, de l'angle d'appui de sa tête contre le haut de la banquette, et de la gravure au-dessus, on aurait cru voir la vivante représentation du *Repos* de Manet. Inconsciente de ces associations, elle lui fut reconnaissante de lui accorder cette liberté de silence.

Elle reprendrait la conversation dans un moment. Elle se sentait épuisée par les épreuves de la nuit dernière aussi bien que par celles qui l'attendaient. Les bruns, les gris et les noirs du paysage hivernal de l'Île-de-France, fragmentés par la fenêtre du train, lui parvenaient comme une succession de diapositives sans vie. Curieux, tout de même, qu'il lui ait demandé si elle était professeur. Elle l'avait été, brièvement, avant. D'une certaine façon, les choses avaient été décidées pour elle. Petite, déjà, elle rangeait ses poupées l'une derrière l'autre et jouait à la maîtresse d'école, pendant qu'Yvonne se déguisait en fée, en princesse, en « dame ». Et puis il y avait eu les prix d'excellence au lycée de Tours, qui l'avaient naturellement menée aux classes préparatoires, à Sèvres, à la réussite des concours et à la préparation d'un doctorat. Il fallait bien démontrer à ses parents, coûte que coûte, qu'elle était aussi intelligente qu'Yvonne était jolie. La salle de classe lui était apparue comme le seul lieu où elle serait au meilleur d'elle-même. Il lui suffirait, le moment venu, d'échanger le pupitre de l'élève pour l'estrade du professeur et le tour serait joué, croyait-elle. Jusqu'au jour où elle trouva un refuge plus sûr : la salle des manuscrits de la Bibliothèque nationale. C'est là, finalement, que tout avait commencé. Et fini.

— Swann va mourir, je suppose, dit soudain Jean-Pierre Foucheroux.

— Pas pour une femme qui n'était même pas son genre et pas tout de suite. Vous en avez encore pour plusieurs centaines de pages, le rassura-t-elle. Elle qui avait bien failli mourir pour un homme qui l'était.

Il retourna à sa lecture, touchant dans son application. Il savait lire. Il tenait son volume à la bonne distance et ne se pressait pas. Il tournait les pages avec délicatesse et sans faire le moindre bruit, à intervalles réguliers. Tant de gens sont incapables de traiter convenablement un livre !

À la Bibliothèque nationale, une fois passés, au premier étage, les cerbères qui gardent l'accès de la salle des manuscrits et obtenu du magasinier, quand il n'était pas en grève, malade ou peu disposé à « communiquer », le manuscrit désiré, c'était comme réapprendre à lire, voir l'envers du décor, s'enfoncer dans un monde magique de signes enchantés où la confusion entre un « s » et un « n » pouvait être fatale. Dans les feuillets couverts dans tous les sens de ratures, dont l'abondance et la complexité la mettaient en joie, là où les autres avaient lu « roue », Gisèle fut capable de déchiffrer « lune »; elle substitua les toits en « poivrières » à l'erreur des « poudrières »; elle repéra qu'un « pleinement » avait remplacé un « réellement ». Son exemplaire surchargé de rectifications au crayon noir attira un après-midi l'attention du lecteur assis à côté d'elle.

— Vous réécrivez Proust? chuchota-t-il d'un ton moqueur.

Elle leva les yeux. Il avait l'air d'un prince des *Mille et Une Nuits*, déguisé en homme du XX\ :sup:`e` siècle.

— Je m'appelle Selim. Selim Malik. Sans rancune, plaisanta-t-il à mi-voix, en lui tendant une main sans bague, à la peau fine et aux ongles parfaitement taillés. On va prendre un thé?

Ce jour-là, elle apprit qu'il était psychiatre à Sainte-Anne et faisait des recherches sur les représentations littéraires de l'hystérie. Que son père était un diplomate libanais et sa mère une actrice française qui avait eu un certain succès dans des pièces d'avant-garde. Qu'il était végétarien. Qu'il préférait infiniment Corelli à Vivaldi.

Ce n'est que bien plus tard – trop tard –, dans son minuscule appartement de la rue des Plantes, qu'il lui parla de Catherine et de leurs deux enfants.

*

– Nous arrivons bientôt à Chartres mais nous avons quelques minutes avant la correspondance. Aimeriez-vous boire quelque chose ? Vous avez l'air d'avoir froid.

La sollicitude réelle dont la voix était empreinte ne l'empêcha pas de refuser. Comme en compensation, elle ajouta :

– J'ai enseigné jusqu'à il y a deux ans. Mais depuis quelques mois, je suis la secrétaire de la présidente de la Proust Association. Mme Bertrand-Verdon. Vous la connaissez sans doute. C'est elle qui a organisé la réunion de cet après-midi.

– Je la connais de nom et de... réputation, dit-il avec une certaine réserve. Il ne mentait pas. Il entendait encore sa plus jeune sœur, en licence de lettres, tempêter devant un journal féminin grand ouvert devant elle : « Encore une interview sur " Proust et moi " par Bertrand-Verdon. Pas possible. Quelle arriviste, cette bonne femme ! Et sa tête ! On dirait une sorcière de Walt Disney. »

Marylis était partiellement responsable de la situation dans laquelle il se trouvait ce matin-là : en face d'une jeune femme triste, au visage fermé, qui aurait pu être le reflet pâli de Berthe Morisot, entre deux trains, au bord d'une aventure qui allait changer sa vie. Marylis « pensait à » un mémoire de maîtrise sur Proust et les écrivains féminins du Sud et quand il avait plaisanté : « Ce n'est pas déjà fait ? », elle avait répondu, avec l'assurance critique de ses vingt ans : « Oh ! si, sûrement mais mal. La vieille école. » Marylis, qui s'était cassé le pied, le mois précédent, au cours d'un imprudent weekend de ski (sans neige!) et dont les premières paroles, au réveil d'une douloureuse opération, avaient été :

« Mer!... pardon... je ne vais pas pouvoir aller à la réunion de la Proust Association. » Et en apercevant son frère : « Pierre, mon Pierre, tu ne dois pas être à Paris en novembre? Ah! Ah! Vas-y alors, vas-y pour moi. Tu me raconteras. Promets. »

Elle savait bien qu'allongée sur un lit d'hôpital, elle pouvait tout lui faire promettre. Il avait promis. Et elle était retombée dans une somnolence artificielle mais apparemment paisible. Au moment où il avait quitté sa chambre, elle avait ouvert un œil soupçonneux et murmuré :

« Le 18 novembre. Tu n'oublieras pas... »

Il pensa soudain que Marylis aurait « adoré » rencontrer Gisèle Dambert.

*

« Chartres, Chartres, dix minutes d'arrêt. Correspondance pour... », tonitrua une voix quasi incompréhensible dans un haut-parleur qui ne fonctionnait que par intermittence.

Jean-Pierre Foucheroux s'effaça pour laisser Gisèle Dambert descendre la première et lui donner toute liberté d'action. Par courtoisie. Ou bien fut-ce pour lui cacher quelques instants encore la légère claudication dont il était affligé? Depuis l'accident.

— À plus tard, donc. Pour l'argent, lui lança-t-elle, en s'éloignant sans attendre sa réponse.

Il eut l'intelligence de ne pas prendre sa fuite pour de l'impolitesse.

La micheline poussive dans laquelle il s'installa possédait plusieurs wagons. Il ne la revit qu'à l'arrivée. Les quelques voyageurs qui descendirent du train se bousculèrent tous en même temps à la grille de sortie. Le temps était d'une trompeuse douceur. Parmi les personnes qui attendaient derrière la barrière blanche, il y avait plusieurs villageoises et deux gendarmes en uniforme, qui, le voyant approcher, se mirent au garde-à-vous. Le plus âgé demanda sur un ton officiel :

– Commissaire Foucheroux?

– Oui, répondit-il, sèchement, sans se demander comment on l'avait reconnu. C'était comme ça depuis l'accident. « Commissaire Banban. »

– L'adjudant Tournadre nous a demandé de venir vous... hum... accueillir... Il y a eu un... hum accident. Il voudrait que vous preniez immédiatement contact avec lui.

Simultanément, la voix d'Émilienne se fit entendre, triomphante :

– Mademoiselle Dambert. Ah! je vous avais bien dit qu'il y aurait un malheur. La présidente est morte. C'est moi qui l'ai trouvée. On l'a assassinée dans votre bureau.

Jean-Pierre Foucheroux se retourna juste au moment où, sous l'effet du choc, Gisèle Dambert, chancelante, s'appuyait contre le mur gris de la gare, comme pour se soutenir. Sur son visage sans couleur, il lut un mélange fugitif de terreur et de ressentiment, mais nulle surprise. C'est lui qui fut surpris par l'expression de bête traquée qui apparut dans les grands yeux bleus fixés sur lui. Des yeux bleu roi. Gisèle Dambert avait les yeux bleus!

III

Après s'être remise du choc de « la macabre découverte », ainsi qu'on put le lire dès le lendemain dans la
presse locale, il avait été impossible pour Émilienne de
tenir en place. Elle avait fait une déposition dans les
règles à la gendarmerie du village, dans le bâtiment
adjacent à celui de la Mairie, tout en gardant l'œil fixé
sur la pendule et en suppliant qu'on la laisse aller à la
gare à temps pour « prévenir ». Personne ne comprit
pourquoi elle tenait tellement à aller « prévenir » mais
comme elle n'était ni témoin ni suspecte, l'adjudant-
chef Tournadre ne la retint pas davantage.

Il avait immédiatement dépêché deux gendarmes pour
empêcher quiconque de pénétrer sur les lieux du crime
et averti par téléphone ses supérieurs hiérarchiques. À
Chartres, on lui intima l'ordre impératif de ne pas bou-
ger. Ce n'était pas tous les jours qu'il avait un meurtre
sur les bras; le plus souvent il s'agissait de querelles
domestiques, de bagarres de jeunes qui avaient trop bu,
d'accidents de voiture, de rares cas de suicide mais rien
de sérieux depuis qu'en juillet dernier le fils Favert avait
tué sa jeune femme d'un coup de fusil, dans une crise
de jalousie bien compréhensible. Bernard Tournadre

soupira. On n'allait pas lui laisser longtemps la direction des opérations, c'était sûr. On allait lui coller le S.R.P.J. sur le dos, avec sa cohorte de spécialistes qui déferleraient de Versailles comme la misère sur le pauvre monde. Le procureur devait déjà être au courant.

Aussi ne fut-il pas le moins du monde étonné lorsque le réceptionniste lui annonça que le directeur central de la Police judiciaire était en ligne et désirait lui parler. Ils s'étaient rencontrés une fois lors d'une remise de décorations et depuis il avait reconnu son visage bien des fois dans les journaux ou à la télévision lors de grosses affaires. Une voix amicale, impérieuse et distinguée se fit entendre :

« Allô... Tournadre? Vauzelle. Comment allez-vous? Délicate affaire que nous avons là. Vous savez sans doute que Mme Bertrand-Verdon était l'amie de la femme du ministre... Oui... Il va falloir beaucoup, beaucoup de tact, cher ami. Vous me comprenez, n'est-ce pas? En plus avec ces Américains, on ne voudrait pas avoir un incident diplomatique qui impliquerait les Affaires étrangères. On a assez du GATT, croyez-moi! À propos, où sont-ils ces Américains? À l'auberge du Vieux-Moulin? Très bien, si vous pouvez veiller à ce qu'ils y restent pour le moment? Dites-moi, Tournadre, ce n'est point que je veuille marcher sur vos plates-bandes mais imaginez-vous que j'ai quelqu'un de chez nous qui est en route pour chez vous justement. Tout à fait par hasard. Je sais qu'il devait aller à cette réunion Proust parce que nous avons dîné ensemble hier soir. Il s'appelle Foucheroux. Commissaire divisionnaire Jean-Pierre Foucheroux. Si vous pouviez aller le faire attendre à la gare et lui demander de m'appeler sur la ligne rouge. Il a le numéro. Je peux compter sur vous... »

L'adjudant Tournadre posa le récepteur, soupira à nouveau et envoya le maréchal des logis Duval et son adjoint Plantard à la rencontre du malheureux commissaire divisionnaire qui n'avait pas la moindre idée de quelle boîte de Pandore le destin lui réservait. Il le plaignait d'avance. Foucheroux. Ce nom lui disait quelque chose. Un protégé de Vauzelle, sans doute. Mais dans ce cas c'était une recommandation car le contrôleur général avait la réputation d'être – chose extrêmement rare dans les milieux de la police surtout à un aussi haut niveau – un homme absolument intègre.

À midi quarante-deux, ce ne fut pas la pitié mais le respect qu'inspira Jean-Pierre Foucheroux dès qu'il pénétra dans le bureau de la gendarmerie. Il se présenta avec courtoisie, s'excusa de devoir téléphoner tout de suite et en privé conformément aux ordres transmis et remercia sincèrement l'adjudant Tournadre de lui faciliter la tâche.

Dix minutes plus tard, il annonçait d'une voix affable mais ferme :

– Messieurs, me voici chargé de l'enquête. J'espère que vous ne m'en voudrez pas de requérir votre collaboration. Nous voulons tous résoudre cette affaire au mieux et au plus vite. Si vous le permettez, faisons appel aux compétences et mettons-nous immédiatement en contact avec l'Identité Judiciaire. Qui est le médecin légiste? De combien d'inspecteurs disposons-nous pour les premiers interrogatoires?

*

– Il est bien, ce commissaire, pour un Parisien. Pas prétentieux. Efficace, commenta en sortant le maréchal

29

des logis Duval, pour le bénéfice de son adjoint, qui rétorqua aussitôt :

– Oh ! Ce n'est pas un Parisien. J'ai l'oreille. Je vous parie qu'il vient de la région de Bordeaux. J'y vais tous les ans chercher mon vin, je reconnais l'accent. C'est de là que vient mon Pécharmant 75, votre préféré, ajouta-t-il avec un clin d'œil complice.

*

Resté seul avec Bernard Tournadre, Jean-Pierre Foucheroux prit le temps de le mettre complètement à l'aise. Ils se découvrirent rapidement un ami commun, l'inspecteur principal Blazy, en poste dans le sud de la France.

– Un as du rugby, admira l'adjudant-chef.

– En effet. J'ai eu le malheur de jouer une fois dans l'équipe adverse, répondit en souriant le commissaire Foucheroux. Et, redevenant sérieux : je ne vous retiendrai pas longtemps. C'est l'heure de déjeuner. J'ai simplement besoin de vous poser quelques questions sur la Proust Association avant de me rendre sur les lieux.

– Mais bien entendu. Pensant au gratin dauphinois que lui avait concocté sa femme, l'adjudant, dont l'embonpoint trahissait un net penchant pour les plaisirs de la table, s'empressa d'ajouter : Encore que le maire pourrait vous en dire davantage. C'est lui qui s'occupe de ça et du syndicat d'initiative. Nous ne sommes pas du même bord, François et moi...

Subodorant une vieille rivalité politique, le commissaire Foucheroux ramena la conversation sur un terrain plus neutre.

– Vous avez souvent ce temps-là en novembre ?

– Non, rarement. C'est ce que les Américains appellent

l'été indien, si je comprends bien. Ah! les Américains!
Ils sont à l'auberge du Vieux-Moulin, vous êtes au courant?

— Non, pas vraiment. Je sais que la réunion doit avoir
lieu à la Maison de Tante Léonie à cinq heures. Selon
le programme, il y a trois conférenciers...

— Justement. Il y en a un au Vieux-Moulin. Guillaume
Verdaillan. Il est arrivé hier soir avec le premier contin-
gent. Une vingtaine. Les autres doivent arriver de Paris
en car. Des professeurs, principalement, si j'ai bien
compris.

— Et Mme Bertrand-Verdon?

— Je l'ai vue hier. Mais je ne sais pas si elle devait
rentrer à Paris ou passer la nuit au Vieux-Moulin. Elle
faisait sans arrêt l'aller-retour entre ici et Paris. En
voiture. Une *Alfa-Romeo* blanche.

Le commissaire Foucheroux dénota un soupçon d'envie dans le ton de son collègue. Il leva les sourcils,
attendant que l'autre continue. Ce qu'il fit après une
légère pause :

— Je ne la connaissais que comme ça. Mais entre nous,
on ne l'aimait pas beaucoup ici. Elle se croyait sortie
de la cuisse de Jupiter. Les gens racontent que tout ce
qui l'intéressait, c'était d'avoir sa photo dans les journaux avec X ou Y... Et la façon dont elle traitait ses
pauvres secrétaires... Elle a essayé de se faire élire au
Conseil régional mais ça n'a pas marché. Là encore, le
maire pourrait vous aider plus que moi... Voulez-vous
qu'on l'appelle?

— Pourquoi pas? répondit Jean-Pierre Foucheroux,
supposant à juste titre que l'adjudant prendrait un malin
plaisir à arracher « François » à un bon déjeuner, en
gagnant le droit d'aller jouir en paix du sien — ce que

confirma le petit sourire satisfait qui accompagna ses paroles :

— Allô, Marie-Claire? Bernard à l'appareil. François est là? Oui... Parfait. J'ai un commissaire divisionnaire de Paris dans mon bureau, qui voudrait lui parler d'urgence... Allô, François? excuse-moi de te déranger en plein déjeuner mon vieux, mais...

Quelques minutes plus tard, Jean-Pierre Foucheroux était déposé à la grille d'une jolie maison en crépi rose, avec véranda et dont le jardin s'étendait jusqu'au Loir. Une petite jeune fille en tablier blanc amidonné était debout sur le seuil et l'informa qu'on l'attendait au salon.

Après la rusticité sans charme de la gendarmerie, la pièce dans laquelle il entra, douce de la chaleur bienfaisante d'un grand feu de cheminée, gaiement tapissée de papier à rayures bleues et blanches, lui parut aussi accueillante que ses occupants lui semblèrent tout d'abord tendus et distants.

— François Delaborde, député-maire, énonça avec une certaine brusquerie un grand gaillard aux sourcils en broussaille, confortablement vêtu d'un pantalon en velours côtelé vert foncé et d'un pull-over à col roulé. Mon épouse, Marie-Claire, ajouta-t-il comme à regret en désignant la petite femme brune, vive et replète qui fleurait bon la lavande dans sa robe en laine angora bleu pâle, debout à côté de lui. Nous ne voyons guère en quoi nous pouvons vous être utiles, commissaire.

— François... intervint doucement son épouse. Puis-je vous offrir du café, monsieur le commissaire?

Sa voix était teintée d'un léger accent du sud et son attitude dénotait clairement le désir de maintenir les apparences.

« Ces deux-là viennent de se disputer », pensa Jean-Pierre Foucheroux, en répondant avec cordialité : « Volontiers », plus pour acquiescer à l'offre dictée par les conventions sociales que par envie de boire du café. Il aimait l'expresso à l'italienne et était généralement effaré par ce qu'on lui servait sous le nom générique de café. En l'occurrence, il avait tort de se méfier. Le breuvage noir, sans sucre, que lui servit Marie-Claire Delaborde, dans une ravissante tasse en porcelaine de Limoges, était excellent. Ces gens-là savaient vivre.

— L'adjudant Tournadre m'a dit que vous pourriez me donner quelques renseignements sur la Proust Association et sur Mme Bertrand-Verdon, commença-t-il.

Il vit se raidir la main potelée de Marie-Claire Delaborde sur l'anse de la cafetière.

— Nous la connaissions très peu, affirma son mari. Nous la rencontrions à l'occasion de manifestations officielles mais rien de plus. Sa disparition inattendue va mettre la Proust Association dans l'embarras. Elle en était la fondatrice.

— Quel était son but ?

— Oh ! d'attirer des touristes anglo-saxons, d'organiser des rencontres internationales. Ce n'était pas mauvais pour le pays, ça faisait de la publicité.

— Ça lui faisait surtout de la publicité à elle, lâcha Marie-Claire Delaborde, incapable de contenir plus longtemps son impatience. Ça lui permettait de voyager et de parader aux frais des contribuables...

— Marie-Claire, voyons... la morigéna son époux.

— Le commissaire a le droit de savoir...

— Il est vrai que Mme Bertrand-Verdon pouvait parfois faire preuve d'un brin d'ostentation qui n'était pas du goût de tout le monde, coupa le maire, mais elle était l'âme de cette Proust Association. Elle avait réussi à faire venir le ministre, qu'on attend d'ailleurs pour quatre heures aujourd'hui, mais je n'ai pas de nouvelles, et aussi un grand critique parisien, Max Brachet-Léger. Vous connaissez sûrement son nom. C'est lui qui a refusé de passer à Apostrophes.

– Il est ici? s'enquit le commissaire.

– Non, il habite Paris, il n'arrivera que pour la réunion, je suppose.

– Qui d'autre était là hier?

– À part les Américains, il y avait, je crois, au Vieux-Moulin, le professeur Verdaillan, de l'université de Paris-XXV, un directeur de collection de chez Martin-Dubois qui fait partie du conseil d'administration. Comment s'appelle-t-il déjà?

– Philippe Desforge, souffla sa femme.

– Philippe Desforge, c'est ça. Le vicomte de Chareilles, un ami personnel de Mme Bertrand-Verdon, et Gisèle Dambert, la secrétaire.

– Je l'ai rencontrée ce matin dans le train, précisa Jean-Pierre Foucheroux.

– Une sainte! s'exclama Marie-Claire Delaborde en dépit du regard d'avertissement de son mari. Mais elle ne put s'expliquer davantage car la petite bonne annonçait qu'on demandait monsieur au téléphone, de Paris.

– Excusez-moi, dit François Delaborde en se dirigeant promptement vers la porte.

– Une sainte, reprit sa femme, dès qu'il fut sorti. Pardonnez-moi d'être aussi franche, commissaire. Mais Mme Bertrand-Verdon était une arriviste que rien n'arrêtait. Tout le monde sait qu'elle a obtenu cette sinécure de présidence en... Elle rougit joliment... par des moyens, enfin, vous me comprenez...

— Je comprends, madame, et j'apprécie votre franchise, l'encouragea-t-il.

— Prenez la réunion d'aujourd'hui, par exemple. Le prétexte en est de commémorer la mort de Marcel Proust. Mais en réalité, c'est le moyen pour Mme Bertrand-Verdon de relancer son *Guide du Parfait Proustien* avec la caution du gouvernement et de l'Université.

— Le *Guide du Parfait Proustien*, répéta-t-il, abasourdi.

— Ah! Vous ne connaissez pas ce chef-d'œuvre, ironisa-t-elle. Nous en avons reçu deux exemplaires. Permettez-moi de vous en offrir un...

Comme elle prononçait ces paroles, son mari réapparut, l'air préoccupé :

— Le ministre ne pourra pas être des nôtres. Une inauguration de plaque le retient plus longuement que prévu à Fontainebleau.

— Sans parler des barrages sur les routes. Quel dommage! plaisanta Mme Delaborde.

— Marie-Claire, vraiment...

Jean-Pierre Foucheroux sentit qu'il était temps de prendre congé :

— Je vous remercie vivement, monsieur le maire, de m'avoir accordé cet entretien. Et vous, madame, pour cet excellent café. Il est grand temps que j'aille sur les lieux voir où nous en sommes.

— Permettez-moi d'aller vous chercher ce dont nous avons parlé, sourit Marie-Claire.

Tout en raccompagnant le commissaire à la porte, François Delaborde commença d'un air un peu gêné :

— J'espère que ma femme ne vous a pas raconté trop d'histoires. Elle a tendance à bavarder...

— Elle bavarde fort agréablement et elle m'a été d'une

35

aide précieuse, répondit un peu sévèrement Jean-Pierre Foucheroux.

— Voici l'objet, lui dit Marie-Claire une fois revenue, en lui tendant un mince livre à la somptueuse couverture. Comme vous le verrez, ce n'est pas très long à lire. De belles photos et quelques citations. Même François ne peut pas dire le contraire, ajouta-t-elle malicieusement, en glissant le bras sous celui de son mari en signe de trêve.

IV

En arrivant devant la Maison de Tante Léonie, une bâtisse grise, au carrefour de deux rues sans caractère, Jean-Pierre Foucheroux reçut un choc. C'est donc de cet endroit insignifiant, laid même, qu'était né un des hauts lieux de la littérature française! La silhouette immobile du gendarme en faction devant la porte d'entrée lui rappela qu'il n'était point ici pour s'émerveiller sur les pouvoirs de l'imagination romanesque mais bien, hélas! pour faire son travail.

Depuis qu'il était entré dans la Police judiciaire, il n'avait jamais pu s'habituer à la sensation de nausée qui précédait le moment où il allait devoir, une fois de plus, affronter les signes de la mort violente. Sa réticence s'était accentuée depuis l'accident qui avait tragiquement mis fin à la vie de sa femme, trois ans auparavant. Dont il était responsable. Qu'il ne se pardonnait pas. Et que son corps n'oublierait jamais. Les tiges de métal fichées dans son genou droit ne le lui permettraient pas, de toute façon. Pas plus que la claudication qui lui avait valu le sobriquet de commissaire Banban. Il se demanda si les entretiens qu'il venait d'avoir n'avaient pas été de simples manœuvres dilatoires dans le but de faire reculer l'inévitable échéance, l'instant où il lui faudrait se pencher sur le cadavre de Mme Bertrand-Verdon. Il aurait dû insister pour venir directement de la gare sur le lieu du crime.

Après s'être assuré auprès du jeune agent qui gardait l'entrée que nul n'avait pénétré dans la Maison depuis que le garde-champêtre en était sorti, il jeta un coup d'œil rapide sur les pièces du bas – entrée carrelée, cuisine à l'ancienne, salle à manger et salon dans le goût petit-bourgeois de la fin du siècle dernier, le tout extraordinairement ordinaire, jusqu'à la porte aux vitraux rouges et bleus qui donnait sur un jardinet sans le moindre intérêt où trônait une copie de statue – et monta au premier étage.

Rien ne semblait avoir été dérangé dans le bureau depuis la fuite précipitée de la femme de ménage. Il nota automatiquement que la petite pièce grise possédait deux fenêtres, de nombreux placards, une cheminée de marbre surmontée d'un miroir, et une alcôve qui servait de bibliothèque. Au centre se trouvait un large bureau en bois à multiples tiroirs, sur lequel un vieux téléphone noir voisinait avec un ordinateur flambant neuf. Et un trousseau de clés.

Entre le bureau et un fauteuil vert qui avait vu des jours meilleurs, le cadavre d'Adeline Bertrand-Verdon était resté dans sa position grotesque. On aurait dit une grande poupée de chiffon, qu'un enfant cruel avait abandonnée là, les bras en croix, une jambe maladroitement repliée sur l'autre, le visage enfoui dans une masse de cheveux noirs vilainement collés ensemble du côté droit. En se penchant, Jean-Pierre Foucheroux remarqua dans les yeux grands ouverts sur le vide une expression de défi et d'incrédulité que ne démentait pas le rictus figé sur les lèvres peintes. Elle devait être au milieu d'une réplique cinglante au moment où la mort l'avait frappée. Au moment où quelqu'un l'avait frappée.

Sans préjuger des conclusions du médecin légiste, le commissaire estima, en fonction du début de *rigor mortis*, que la mort devait remonter à une douzaine d'heures et qu'elle avait été provoquée par un coup du proverbial objet contondant, porté avec violence, sur la tempe droite. À l'instant où il remarquait, mêlée au sang coagulé sur le parquet, une sorte de fine poudre blanche, l'équipe de l'Identité judiciaire dépêchée par Versailles arriva. Le silence fut instantanément brisé par des bruits de pas et les échos de plusieurs voix masculines dans l'escalier.

Un petit homme chauve, aux lunettes cerclées d'or qui menaçaient sans cesse de glisser sur son nez pointu, se présenta le premier avec pétulance :

– Docteur Meynadier. Alors, qu'est-ce que nous avons là, commissaire ?

– Le cadavre d'une présidente, semble-t-il.

– *Mors etiam saxis venit,* murmura le médecin. Eh bien, je vais laisser nos collègues prendre leurs photos et regarder ça de plus près.

Pendant un certain temps l'éclat aveuglant et le cliquetis des flashes transformèrent la pièce en une parodie de studio de cinéma. Soigneusement, méthodiquement, un enquêteur relevait les traces d'empreintes digitales, secouant parfois la tête de droite à gauche, comme pour exprimer son mécontentement. Finalement, le médecin put examiner à loisir le corps autour duquel un trait avait été tracé à la craie blanche, pour en fixer la position. Agenouillé par terre, il toucha un poignet, tâta la base du cou, émit plusieurs ah! ah!, fit pivoter la tête

ensanglantée et regarda longuement le visage incongrûment tourné vers lui avant de clore les yeux qui ne
voyaient plus.

Comme il se relevait, Jean-Pierre Foucheroux aventura un simple :

— Qu'en pensez-vous ?

— On en saura plus après l'autopsie, évidemment, mais
je dirais que la mort a dû intervenir vers 22 ou 23 heures
la nuit dernière. Apparemment provoquée par un écrasement de l'os temporal, juste au-dessous du pariétal...

— Et causé par quoi ?

— Ah ! ça, c'est votre domaine. Un objet contondant,
sans nul doute. Le coup a dû être asséné violemment et
la mort instantanée. Mais, ajouta-t-il en se grattant la
tête, ça ne m'étonnerait pas de trouver des traces de
substance toxique à l'analyse.

— Vous croyez qu'elle était droguée ? s'étonna le
commissaire Foucheroux.

— Pour vous répondre avec certitude, ces premières
constatations sont insuffisantes. Il faut attendre les résultats...

— Et combien de temps ?... interrompit Jean-Pierre
Foucheroux

— Je comprends votre impatience, dit le médecin sans
se fâcher. Le plus rapidement possible. Nous avons reçu
des ordres de la préfecture et allons faire au plus vite.
Disons demain en fin de matinée, ça vous va ?

— Ai-je le choix ? demanda Jean-Pierre Foucheroux
avec un sourire de connivence. Vous avez remarqué cette
espèce de poudre blanche par terre ?

— Oui, je l'ai vue, répliqua le petit homme, en frottant
son pouce contre son index. À mon avis, c'est du plâtre.

— Du plâtre ?

CARTE POSTALE

ÉDITIONS VIVIANE HAMY

Cour de la Maison Brûlée

89, rue du Faubourg-Saint-Antoine

75011 Paris

Site internet : www.viviane-hamy.fr

Si vous désirez être tenu au courant de la sortie de nos publications, répondez à ce questionnaire et renvoyez-nous cette carte.

Nom .... Prénom ....

Adresse ....

....

Adresse e-mail...

Profession.. Age ....

Titre de l'ouvrage ....

Ville et nom de la librairie où vous l'avez acheté ....

....

....

Suggestions ....

....

....

....

A .... le .... 20 ....

— M'étonnerait pas. On vous confirmera ça et le reste demain.

— Merci, répondit Jean-Pierre Foucheroux. Je serai sans doute à l'auberge du Vieux-Moulin mais vous pouvez toujours me trouver en passant par la gendarmerie. Téléphonez-moi à n'importe quelle heure, dès que...

— Entendu, promit le docteur Meynadier, qui avait l'habitude. Et bon courage. Vous êtes prêts, messieurs?

Les officiers de la Police judiciaire étaient prêts. Il ne restait plus qu'à transporter le corps à la morgue et à prévenir la famille de la victime. Et à prendre rapidement des décisions sur le déroulement du reste de la journée. Pour cela, Jean-Pierre Foucheroux devait consulter au plus vite Gisèle Dambert. Et retenir une chambre à l'auberge du Vieux-Moulin, qui lui servirait de quartier général.

Mais où donc était Gisèle Dambert?

Avant de quitter la Maison redevenue silencieuse, Jean-Pierre Foucheroux visita la chambre où Marcel Proust avait dormi enfant, s'efforçant en vain de réconcilier les fragments éblouis de sa récente lecture de *Du côté de chez Swann* avec la mesquine réalité du lieu où il se trouvait. Quelle déception! Tout était plus petit, la lanterne magique un pauvre objet cabossé, les rideaux défraîchis, le lit coincé dans une alcôve sans charme. Ayant traversé le couloir, il ne put davantage faire coïncider ses images mentales de la chambre de Tante Léonie avec ce qu'il avait devant les yeux, car, s'il put repérer les objets évoqués dans le texte, commode, table, fauteuil, prie-Dieu, il manquait à cette chambre provinciale *« les mille odeurs qui y dégagent les vertus, la sagesse, les habitudes, toute une vie secrète, invisible, surabondante et morale que l'atmosphère tient en suspens »* qu'il avait

41

eu l'impression de respirer en lisant « Combray ». S'approchant du lit, il songea qu'il était, au début de cette affaire, comme un lecteur non averti qui n'a aucune idée des méandres de l'intrigue. Il lui faudrait interpréter les signes, interroger, fouiller, reconstruire, revenir en arrière pour décider entre mensonge et vérité, en risquant toujours de se tromper.

Il regarda machinalement par la fenêtre. Sur le trottoir d'en face, les yeux baissés, immobile, indécise, Gisèle Dambert était debout. Il redescendit l'escalier trop vite pour que son genou ne protestât point mais il craignait plus que tout qu'elle ne lui échappât. Il faisait erreur. Au moment où il émergea de la porte, elle s'avança vers lui et dit simplement :

– Je vous attendais.

V

Gisèle n'aurait pas su dire ce qui avait provoqué l'étourdissement dont elle avait été victime à la gare; sans doute les effets combinés d'une nuit blanche, la stupeur d'entendre Émilienne et d'apprendre simultanément que Jean-Pierre Foucheroux faisait partie de la police et enfin la prise de conscience soudaine du danger dans lequel les événements de la veille l'avaient précipitée.

Émilienne avait fait preuve d'une magnanimité inhabituelle et l'avait prise par le bras en disant :

– Vous êtes toute pâle, mademoiselle Dambert. Vous ne vous sentez pas bien? Tenez, asseyez-vous donc sur le banc...

Gisèle obtempéra sans pouvoir prononcer un mot.

– Ah! ça m'a fait un coup, vous ne pouvez pas savoir, de trouver... repartit Émilienne de plus belle. D'abord, j'ai cru que c'était vous. Elle frissonna rétrospectivement. Et puis qu'est-ce qu'on va faire pour cet après-midi? La police est là-bas. La réunion ne peut pas avoir lieu à la Maison.

Gisèle Dambert s'affaissa encore davantage sur le banc municipal. Émilienne s'en aperçut et proposa :

— Voulez-vous aller prendre quelque chose au Café de la Gare?

Pour rien au monde Émilienne n'aurait dit à l'Hôtel de Guermantes, ainsi que le vieil établissement venait d'être pompeusement rebaptisé. Mais Gisèle était au-delà de ces jeux onomastiques. Elle parvint à répondre :

— Non, merci. Je préférerais... marcher.

— Marcher, dans l'état où vous êtes? s'indigna Émilienne.

— Oui, je voudrais marcher, réitéra Gisèle. Si vous voulez bien garder mon sac de voyage, ajouta-t-elle en voyant qu'elle risquait de blesser sa susceptibilité si elle n'acceptait rien d'elle.

Émilienne se fit conciliante, à condition que Gisèle promette de manger quelque chose. Gisèle promit, se leva et s'engagea sans y penser dans l'avenue de la Gare, bordée de tilleuls noirs. À la première intersection, elle tourna à droite, décidant de suivre la promenade ponctuée de quelques ruines qui descend en pente douce jusqu'au Loir et se retrouva sur l'étroit chemin qui longe la rivière avant de déboucher sur la rue des Vierges. Elle ne regarda ni les petits jardins clos de vieux murs dont elle aimait les pierres moussues, ni l'étagement des toits de tuiles et d'ardoises qui forment une sorte de marqueterie grise et rouge, comme suspendue autour du clocher de l'église. Penchée en avant, les yeux baissés, frissonnant dans son manteau de laine en dépit de la douceur de l'air, elle alla droit devant elle jusqu'au moment où elle atteignit le Pré Catelan. Elle poussa la porte en bois, prit le chemin qui mène au pavillon des Archers et, arrivée en haut de la côte, s'effondra sur les marches froides du petit bâtiment hexagonal. Elle n'avait aucune idée de la raison qui lui avait fait chercher refuge en cet endroit plutôt qu'un autre. Le reflet tranquille des pigeonniers en treillis verts dans la petite mare en contrebas, le murmure du vent dans les branches nues des peupliers du Bois Pilou étaient d'une rassurante normalité. Gisèle essaya de refouler les larmes qui lui montaient aux yeux, de contrôler sa respiration, de réfléchir.

D'un côté, il lui était impossible d'avouer ce qu'elle avait mis dans la confiture de pétales de roses dont Adeline Bertrand-Verdon faisait une consommation quotidienne sans en expliquer les raisons ou d'admettre où et comment elle avait passé la nuit précédente. D'un autre, il lui fallait un alibi. Il était aussi nécessaire de dissimuler certains faits que de ne plus tergiverser pour révéler ce qu'elle savait. Sa vie était en jeu.

Gisèle ferma les yeux et appuya sa tête contre le mur de brique. Une sarabande d'images se présenta aussitôt à son esprit. Il fallait organiser tout cela avant de prendre une décision. Elle se concentra sur les circonstances qui l'avaient amenée en ce lieu à ce moment. L'histoire de Selim s'était greffée comme une vilaine plante parasite sur sa relation privilégiée avec Évelyne. Évelyne... Trois ans, presque jour pour jour, qu'elles s'étaient rencontrées. Ce jour-là, vers cinq heures, elle avait quitté la salle des Manuscrits en même temps qu'une très vieille dame aux cheveux blancs parfaitement mis en plis et aux pétillants yeux pervenche, qui semblait sortie tout droit d'un roman policier anglais, avec sa houppelande à carreaux et sa canne à pommeau d'argent.

Elles s'étaient trouvées ensemble en haut de l'escalier quand, sans avertissement, les genoux de la vieille dame avaient fléchi, sa canne dévalé à grand fracas les marches de marbre et elle avait exécuté une pitoyable pirouette avant de faire une série de roulés-boulés sans pouvoir reprendre pied. Le cœur de Gisèle s'était mis à battre à folle allure alors qu'elle se précipitait à la suite de la petite silhouette tourbillonnante. Elles atteignirent presque ensemble le bas des marches et Gisèle tendit une main secourable bien qu'un peu tremblante en balbutiant :

— Laissez-moi vous aider...

— Merci, mademoiselle, ça va aller, dit la vieille dame d'une voix très digne. Rien de cassé, je pense, ajouta-t-elle bravement en se relevant.

— Mais vous vous êtes blessé la main, insista Gisèle, voyant un mince filet rouge descendre le long de doigts frêles et un peu déformés par l'âge.

— Ce n'est rien, une simple écorchure, je vous assure.

Un employé de la Bibliothèque nationale, qui avait assisté de loin à la scène, intervint, dès qu'il vit qu'il ne risquait pas le moins du monde d'être impliqué, pour conseiller :

— Vous devriez aller aux urgences...

— C'est vrai. On ne sait jamais après une chute, renchérit Gisèle. Permettez-moi de vous accompagner. Je m'appelle Gisèle Dambert.

— Et moi Évelyne Delcourt. C'est trop gentil à vous. Je peux sans doute prendre un taxi.

Mais Gisèle savait être persuasive. C'était comme si le destin l'avait chargée de veiller à ce que cette inconnue rentre sans encombre chez elle. La petite voix digne se fit à nouveau entendre :

— C'est que je crains, si je suis trop en retard, que Katicha ne s'inquiète.

À cause du nom, Gisèle eut la vision soudaine d'une vieille princesse russe, invalide, qui attendait avec impatience le retour de son amie dans un appartement rempli de souvenirs de l'époque du tsar.

– Nous pourrions peut-être lui téléphoner, suggéra-t-elle.

Évelyne Delcourt laissa perler un rire cristallin qui la rajeunit d'un demi-siècle.

– Je ne crois pas qu'elle réponde. Elle sait ouvrir les portes, sauter par les fenêtres et manifester d'un seul regard ses divers états d'âme. Mais elle ne peut pas parler au téléphone. Katicha est un persan bleu.

Katicha manifestait maintenant ses divers – et nombreux – états d'âme dans l'appartement de Gisèle, rue des Plantes. Et pourtant leur première rencontre avait été un échec. Après avoir convaincu Évelyne d'aller se faire faire des points de suture par un médecin compétent, Gisèle l'avait raccompagnée chez elle, place Notre-Dame-des-Victoires. Katicha s'était précipité sous le sofa et avait refusé de montrer le bout de ses moustaches à l'intruse. Mais ce jour marqua le début d'une grande amitié entre la vieille dame et la jeune fille. Par la suite, Gisèle alla régulièrement chez Évelyne, prendre le thé, bavarder, écouter de la musique. Contrairement à bien des personnes de sa génération, elle était à l'aise avec les gens âgés. Elle aimait les entendre égrener les souvenirs d'un temps disparu. Elle aimait la voix d'Évelyne, qui avait été professeur de piano au Conservatoire, avait fréquenté toutes sortes d'artistes et savait raconter. Un jour, elle risqua une confidence :

– J'ai bien connu Céleste Albaret, vous savez. Nous étions amies. Je l'avais rencontrée quand elle s'occupait de la maison de Ravel, à Montfort-l'Amaury, où habite mon neveu. C'était une personne d'une exquise délicatesse. Elle m'a raconté les choses les plus étonnantes sur « Monsieur Proust », comme elle disait.

Gisèle avait été fascinée par ces anecdotes rapportées au deuxième degré en quelque sorte. Elle était toujours réconfortée par une visite à celle qu'elle appelait sa « grand-mère d'alliance ». Et ensoleillait, en retour, la vie d'Évelyne. Quand cette dernière était morte, paisiblement, dans son sommeil, d'un arrêt du cœur que rien ne laissait prévoir, Gisèle avait ressenti une immense douleur, un sentiment de perte incommensurable, une impression de vide que rien ne pouvait commencer à représenter. Sauf peut-être un obscur tableau de Charles de Lafosse intitulé *Le Sacrifice d'Iphigénie*, où le peintre met en scène, dramatiquement, le voile de Timanthe. Et quelques lettres de Mme de Sévigné à sa fille. Elle avait trouvé un certain réconfort à hériter des meubles Chippendale, qu'elle avait admirés chez Évelyne, d'une lampe de Tiffany qui imitait une luxuriante glycine, d'un service à thé signé Wedgewood et de Katicha. Comment aurait-elle pu deviner ce qui lui avait vraiment été légué, caché dans le double fond du vieux secrétaire en bois de rose ?

*

Peu de temps après la disparition d'Évelyne, Gisèle avait accepté la tasse de thé si habilement offerte par Selim. Et ce fut le début d'une autre aventure, de jours, de nuits, de mois d'attente, de moments volés, de brefs espoirs. Gisèle mena la double vie des maîtresses qui attendent vainement que l'on quitte pour elles les épouses légitimes. Les statistiques étaient contre elle mais elle pensait, comme les autres, être l'exception. Elle changea.

Yvonne fut parmi les premières à le remarquer. Elle avait l'œil plus vif, le cheveu plus brillant, la repartie plus facile. Ses collègues, au lycée, la surnommèrent la chrysalide. Ce fut comme un intense et bref printemps, où tout avait pris de nouvelles couleurs, de nouvelles saveurs, une nouvelle vie. Jusqu'à la rupture sordide, dans le café de la place du Châtelet.

Gisèle se cacha le visage dans les mains pour endiguer cette montée brutale des souvenirs. Il fallait qu'elle trouve une explication plausible à donner à la police sur ses activités et ses déplacements de la veille. Rester le plus près possible de la vérité sans rien révéler d'important. Il n'y aurait pas de honte à dire qu'à cause d'une dépression nerveuse, elle avait quitté l'année dernière son poste au lycée et préféré travailler dans la solitude de son appartement pour le Centre de Télé-Enseignement. Il n'y aurait pas de difficulté à expliquer qu'Yvonne avait rencontré Adeline Bertrand-Verdon à un gala quelques mois plus tard et lui avait proposé les services de sa sœur qui préparait justement une thèse sur Proust. Gisèle se souvenait très bien du coup de téléphone d'Yvonne, au milieu de l'hiver :

– Allô, Gis ? Toujours dans tes copies ? Figure-toi que j'ai rencontré hier soir une femme tout à fait charmante, la présidente de la Proust Association, qui cherche désespérément une assistante. Je lui ai parlé de toi. Elle va t'appeler. Tu ne crois pas que ça te ferait du bien de changer de rythme ? Tu n'as pas bonne mine depuis quelque temps, toujours enfermée. Tu es gentille avec elle, s'il te plaît, elle connaît tout le monde.

Adeline Bertrand-Verdon connaissait en effet tout le monde et il ne lui déplaisait pas d'avoir pour secrétaire la belle-sœur de Jacques Thévenin, rhumatologue du président de la République. Elle se montra donc sous son meilleur jour quand elle reçut Gisèle dans le grand salon de la rue Saint-Anselme, où elle lui servit elle-même le thé avec une relative simplicité.

– Votre sœur m'a dit que vous travailliez sur les manuscrits de Proust, commença-t-elle en évaluant d'un coup d'œil un peu condescendant le tailleur bleu marine que portait Gisèle. Elle-même était élégamment vêtue d'une robe en cachemire aux tons chatoyants, à la mode cette saison-là.

– Oui. J'écris une thèse sur les transitions...

– Comme c'est intéressant! Et avec qui?

– Le professeur Verdaillan.

– Ce brave Guillaume! C'est un vieil ami, s'exclama Adeline Bertrand-Verdon avec un petit bruit de gorge dont Gisèle allait apprendre à ses dépens la signification. Eh bien voici ce que j'attends d'une secrétaire...

Ce qu'Adeline Bertrand-Verdon attendait d'une secré-taire expliquait peut-être pourquoi elle n'avait jamais réussi à en garder une plus de quelques mois. Mais Gisèle ne disposait pas de cette information quand elle accepta de devenir son « assistante de recherches », c'est-à-dire sa bonne à tout faire, son esclave, son nègre, pour un salaire à peine supérieur au SMIC.

Elle n'aurait jamais eu le courage d'aller même rendre visite à la présidente de la Proust Association si, deux semaines avant le coup de téléphone d'Yvonne, elle n'avait fait par hasard une découverte qui la sortit de l'état de léthargie intellectuelle dans lequel elle végétait depuis que Selim l'avait quittée. Ce fut comme un déclic, comme si, d'ailleurs, Évelyne, veillant sur elle, avait patiemment attendu le moment propice pour lui faire signe, en passant par l'intermédiaire de Katicha.

Depuis un certain temps, le chat manquait d'entrain. Son poil gris argent perdait son lustre, ses yeux jaunes étaient las en permanence et il ne mangeait guère. Il ne miaulait même plus pour aller sur le petit balcon, aux heures les plus indues, histoire de croquer un minuscule brin de cataire, planté dans un pot pour son seul bénéfice et soigneusement entretenu par Gisèle. En désespoir de cause, Gisèle lui acheta du saumon, qu'il daignait croquer d'habitude avec quelque enthousiasme mais même la jolie tranche rose posée sur son assiette favorite ne le tenta point. Il était temps d'appeler le vétérinaire.

Le matin du rendez-vous, comme s'il avait eu vent de quelque chose, Katicha disparut. Après l'avoir cherché sous son lit, derrière les rideaux, dans le panier à linge, sous le sofa, Gisèle se mit à plat ventre et aperçut enfin deux fentes dorées en demi-lune sous le secrétaire où le chat s'était réfugié.

– Katicha, sois gentil, sors de là, dit-elle fermement.

Katicha eut un mouvement de queue impatienté et ferma complètement les yeux.

– Je te préviens, Katicha, si tu ne sors pas tout de suite, je vais te déloger avec... avec le balai.

L'ignorant superbement, une once de sarcasme relevant ses babines délicates, Katicha fit la sourde oreille.

– Ah! ça, tu l'auras voulu! dit Gisèle.

Mais elle ne put se résoudre à utiliser le manche à balai et prit à la place une règle à calculer avec laquelle elle fourragea sous le bureau, sans toucher un poil du chat aplati entre un pied du meuble et le mur.

– Katicha, sois raisonnable, supplia Gisèle.

À ce moment précis, l'angle de la règle se coinça dans une sorte de gâche. Gisèle essaya de la dégager en tirant vers elle de toutes ses forces. Dans un nuage de poussière grise, avec un craquement épouvantable, le double fond du secrétaire céda, répandant son contenu sur le parquet, dans le plus grand désordre. Une quinzaine de cahiers à couverture noire, recouverts des inimitables ratures de Marcel Proust, tombèrent pêle-mêle devant les yeux ébahis de la jeune femme. Tournant la tête, elle se trouva nez à nez avec Katicha, qui, après l'avoir contemplée d'un air supérieur et triomphant, éternua trois fois et sauta d'un bond gracieux sur le sofa.

VI

Le commissaire Foucheroux proposa à Gisèle de trouver un endroit où ils pourraient parler en toute tranquillité. Mais il fallait d'abord régler quelques détails d'ordre pratique.

— Avez-vous décidé de ce qui était préférable pour la réunion de cet après-midi, l'interrogea-t-il doucement.

— Euh! non... oui, je ne sais pas si... bredouilla Gisèle.

— Vous comprenez bien qu'elle ne peut pas avoir lieu à la Maison de Tante Léonie.

— Je comprends, oui. Il vaudrait peut-être mieux annuler, murmura Gisèle d'une voix blanche. Mais avec toutes ces personnes qui se sont déplacées de si loin. Et le ministre... Sa voix se brisa.

— Le ministre ne viendra pas, la rassura Jean-Pierre Foucheroux. J'étais chez le maire lorsqu'il a été averti du changement des projets ministériels. C'est sans doute mieux.

— Sans doute, mais d'un autre côté le professeur Verdaillan tiendra sûrement à faire sa conférence et il est si rare que M. Brachet-Léger participe à quoi que ce soit... Peut-être, fit-elle, prise d'une inspiration soudaine, pourrait-on se réunir au lycée Marcel Proust. Je connais le proviseur.

– C'est une excellente idée, approuva Jean-Pierre Foucheroux, d'autant plus que personne ne sera autorisé à repartir ce soir. Et c'est sûrement ce que Mme Bertrand-Verdon aurait souhaité.

– Probablement, dit Gisèle. Que le spectacle continue...

– Pourquoi ne pas aller à l'auberge du Vieux-Moulin pour régler cela, puisque tout le monde s'y trouve? suggéra le commissaire.

Gisèle hésita puis acquiesça en ajoutant :

– C'est à trois kilomètres du village, en pleine campagne. Et je n'ai toujours pas d'argent.

– Dans ce cas-là, permettez-moi de vous faire à nouveau crédit et de partager le siège arrière d'une voiture de la police locale. Je ne conduis pas, expliqua-t-il avec un sourire amer.

*

L'auberge du Vieux-Moulin méritait bien son nom. Le grand bâtiment carré datait du XVIIIe siècle. Percé de multiples fenêtres tout en longueur, entièrement recouvert d'un lacis de vigne vierge, il changeait de couleurs avec les saisons. Vert bouteille en été, rouge et or en automne, il était revenu à une grisaille veinee de noir en préparation pour les gelées hivernales. Une large roue en bois, accrochée à son flanc gauche, tournait au rythme d'un ruisseau qui gazouillait bruyamment en dessous. On apercevait, par-derrière, la rive d'un minuscule étang sur lequel deux cygnes flottaient, immobiles et silencieux. À droite, une pergola gardait les traces d'une abondance de roses disparues. De vieux bancs de pierre, stratégiquement placés sous une tonnelle, près d'une écluse, au bord d'un sentier, invitaient au repos dans le jardin réchauffé par les rayons étincelants du soleil d'hiver.

Le propriétaire, en toque blanche et dans un état de grande agitation, les accueillit sur le pas de la porte avec ces mots : « Quelle histoire ! Quelle histoire ! » On trouva à grand-peine un endroit qui convenait au commissaire Foucheroux – chambre et salon adjacents, au rez-de-chaussée, avec équipement électronique. La patronne passa sa mauvaise humeur sur Gisèle, rougissante :

– Mademoiselle a déjà une chambre. La 25, à côté de celle de cette pauvre Mme Bertrand-Verdon. Mais elle n'a pas pris ses clés hier soir.

Jean-Pierre Foucheroux savait que Gisèle, censée dormir au Vieux-Moulin, avait passé la nuit ailleurs. Néanmoins un curieux sentiment de trahison s'empara de lui. Pour la première fois, il regetta la présence de son assistante. Rien n'était habituel, dans cette affaire. Tout était faux-fuyants, prétextes, trompe-l'œil.

– J'ai quelques coups de téléphone à passer. Je vous retrouve dans vingt minutes. Ça vous donnera le temps de prendre contact avec le lycée.

Gisèle eut l'impression de recevoir des ordres.

– Entendu, répondit-elle, dans vingt minutes.

Alors qu'elle s'éloignait en direction de l'escalier, elle l'entendit s'enquérir des allées et venues d'Adeline et du professeur Verdaillan. Elle était persuadée que son nom viendrait ensuite. Elle avait vingt minutes pour fabriquer une explication satisfaisante. Et pour faire signe à Émilienne, gardienne innocente du trésor.

Une fois dans sa chambre, le commissaire Foucheroux ne perdit pas une seconde. Les trois conversations qu'il eut successivement avec son parrain et supérieur hiérarchique, Charles Vauzelle, puis avec le commissaire Tournadre, revenu de déjeuner, et l'inspecteur Djemani le remirent sur les rails de la procédure courante. Il raccrochait le récepteur quand un coup timide fut frappé à sa porte.

— Entrez, mademoiselle Dambert, dit-il sur un ton professionnel. Et asseyez-vous, ajouta-t-il courtoisement à l'adresse de la jeune femme, en lui désignant l'un des confortables fauteuils du petit salon, dont la porte-fenêtre donnait sur une terrasse joliment pavée et ensoleillée. Je vais devoir prendre quelques notes, mon assistante n'étant pas là. Il ouvrit un carnet à reliure de cuir et sortit un stylo noir dont elle reconnut la marque. Elle avait offert le même à Selim!

Gisèle se posa sur le bord du fauteuil, tel un oiseau prêt à s'envoler à la moindre alerte. Elle ne voulait pas trahir son excessive nervosité et fit un effort considérable pour garder les mains croisées sur ses genoux. À cause du col Claudine de son chemisier, elle donnait l'impression d'une petite fille modèle qui aurait grandi trop vite.

— Vous vous appelez donc Gisèle Dambert. D a m-b e r t, épela Jean-Pierre Foucheroux. Et vous êtes née en?...

— En Touraine.

Elle avait donc de l'esprit. Il eut un petit sourire amusé et posa directement la question suivante.

— Et vous avez quel âge, mademoiselle Dambert? C'est mademoiselle, n'est-ce pas?

— Vingt-neuf ans. Et c'est Gisèle. Gisèle Dambert.

Le combat était engagé.

— Depuis quand étiez-vous au service de Mme Bertrand-Verdon?

— Depuis janvier dernier. En qualité d'assistante de recherches, répondit-elle, en songeant : « Neuf mois d'enfer. »

Il perçut vraisemblablement une dissonance car sa voix était teintée d'une certaine compassion lorsqu'il poursuivit :

— Et vous préfériez cela à l'enseignement?

Choisissant soigneusement ses mots, elle répondit d'un ton neutre :

— J'ai quitté mon poste au lycée Claude-Bernard l'année dernière et travaillé ensuite pour le Centre de Télé-Enseignement, tout en préparant ma thèse, avant de devenir l'assistante de Mme Bertrand-Verdon.

— Je vois, fit-il.

Gisèle se raidit. Il ne voyait que trop bien. Il savait pertinemment que le Centre de Télé-Enseignement était le refuge des professeurs à problèmes, des dépressifs, des complexés, des timides. Il se demanda ce qui avait bien pu intervenir dans la vie de Gisèle, ce qui avait imprimé dans ses yeux bleus bordés de longs cils noirs cette terreur de bête traquée.

— Comment avez-vous rencontré Mme Bertrand-Verdon? demanda-t-il aussi doucement qu'il le put. Mais pas assez pour éviter une brève crispation des lèvres de son interlocutrice.

— Par l'intermédiaire de ma sœur, Yvonne Thévenin.

Elle leva les yeux pour voir si le nom signifiait quelque

chose pour lui. Mais son regard gris était indéchiffrable et il se contenta de griffonner quelques mots sur une nouvelle page.

— Quand avez-vous vu Mme Bertrand-Verdon pour la dernière fois?

— Hier. Le mot s'étrangla dans sa gorge.

— À quelle heure plus exactement? persista-t-il.

— Vers dix-neuf heures, à la Maison de Tante Léonie. Il y avait mille choses à préparer pour la réunion d'aujourd'hui. Et à ce propos, j'ai parlé au proviseur. C'est entendu pour la salle d'honneur à cinq heures.

— Parfait. Vous n'avez donc pas participé au dîner donné ici hier soir?

— Non, je... j'avais trop à faire.

— Pouvez-vous me dire qui en était?

— Certainement, commissaire. J'ai calligraphié moi-même les invitations. Il y avait le professeur Verdaillan, le professeur Rainsford, M. Desforge, des éditions Martin-Dubois, et le vicomte de Chareilles. M. Brachet-Léger avait fait savoir qu'il ne viendrait pas avant aujourd'hui et en dernière minute.

— Ah! Et aucune autre présence féminine? ne put s'empêcher de remarquer Jean-Pierre Foucheroux.

— Non, répondit Gisèle, qui se hâta d'expliquer : Mme Verdaillan est souffrante, Mme Rainsford est restée en Amérique, M. Desforge vient de divorcer. Quant au vicomte de Chareilles...

Elle se tut discrètement. Jean-Pierre Foucheroux l'encouragea du regard et se pencha légèrement vers elle. Son attention était entière et bienveillante. « C'est un homme à qui on doit aimer parler, en temps normal », pensa Gisèle.

— Je suppose que ce n'est pas un secret. Mme Bertrand-Verdon espérait devenir vicomtesse de Chareilles et comptait l'annoncer à la réunion.

— Espérait?

— C'est-à-dire... Gisèle se troubla. Il vaudrait mieux que vous parliez directement...

— En effet, convint Jean-Pierre Foucheroux. Nous en avons presque fini. Savez-vous si Mme Bertrand-Verdon avait des ennemis?

Gisèle hésita une seconde, mais rassurée par l'idée que l'entretien touchait à sa fin, elle joua la carte de la franchise.

— Mme Bertrand-Verdon n'avait pas beaucoup d'amis. Et aucune amie. Elle détestait les femmes.

— Je vous remercie d'être aussi claire, dit Jean-Pierre Foucheroux. Il lissa machinalement de la main gauche le haut de son genou douloureux et ajouta en la regardant droit dans les yeux : une dernière chose. Où étiez-vous hier soir, entre vingt-deux heures et minuit?

— Chez moi, à Paris, 35 rue des Plantes, mentit-elle en détournant le regard et en ayant parfaitement conscience qu'il n'en croyait pas un mot.

VII

Le professeur Verdaillan, agrégé de l'Université, docteur ès lettres, achevait un succulent déjeuner dans la
discrète salle de restaurant du Petit Roi, à Chartres.
Quenelles de brochet, faisan aux groseilles, charlotte au
chocolat, le tout accompagné par une intelligente sélec-
tion de vins de Bordeaux et parfaitement servi par un
personnel attentif et qualifié.

Il avait vraiment eu raison de s'accorder quelques
heures de répit, loin de la foule des proustiens, qui
s'agglutineraient sans nul doute autour de lui avant et
après sa conférence : *Problématique du pluritexte*. Il
n'était pas mécontent du titre. Prétextant le besoin urgent
de vérifier un point de détail au musée de Chartres, il
avait pris un petit déjeuner rapide dans sa chambre de
l'auberge du Vieux-Moulin, sauté dans sa voiture et roulé
à vive allure jusqu'à la cathédrale célébrée par Péguy.
Après s'être promené tranquillement dans les rues de
la vieille ville et avoir traîné dans quelques librairies,
histoire de voir quels ouvrages de ses collègues ne s'y
trouvaient pas, il était arrivé à midi juste au restaurant
pour déjeuner incognito et en solitaire. Profitant de l'absence de sa femme, retenue à Paris par les séquelles

d'une mauvaise grippe, il avait fait foin joyeusement de ses avertissements répétés sur les dangers insidieux du cholestérol et commandé ce dont il avait envie. Il songeait même à s'offrir le luxe d'un petit verre d'Armagnac après sa deuxième tasse de café. Après tout, il était en excellente forme physique pour son âge. Oui, il avait les épaules un peu voûtées, le cheveu plus rare et le besoin constant de lunettes à double foyer. Mais dans l'ensemble, il portait encore beau et il pouvait à l'occasion gagner un match de tennis, nager de longues heures et battre ses enfants au ping-pong.

Guillaume Verdaillan était pratiquement en fin de carrière. Une carrière traditionnelle et réussie. Il songea à ses laborieuses années de professeur de lycée, assaisonnées de trop nombreuses heures de chargé de cours pour arrondir des fins de mois de plus en plus difficiles au fur et à mesure que sa famille s'agrandissait. Quelle incroyable énergie il avait alors! Tout cela était bien loin. Il avait été promu maître-assistant après la soutenance de sa thèse sur Proust, et, grâce en partie à un de ses condisciples de Normale qui venait d'une famille moins modeste que la sienne, avait décroché ensuite un poste de maître de conférences fort convoité car il ne restait plus alors qu'à franchir un pas et à obtenir les bonnes grâces d'un seul comité pour être enfin nommé professeur. La chose avait été faite plus rapidement que prévu à cause du suicide d'un de ses éminents confrères de l'université de Paris-XXV. Les membres du comité, n'arrivant pas à se mettre d'accord sur le nom d'un candidat – chaque faction soutenant le sien, l'une à droite, l'autre à gauche –, durent finalement lâcher du lest et se résoudre à un compromis. « Bon, alors... tant pis! Verdaillan. » Et Verdaillan ce fut.

Ainsi, depuis plusieurs années, le professeur Verdaillan dispensait quelques cours au niveau supérieur, dirigeait de rares mémoires de maîtrise – dont il utilisait ensuite les pages pour allumer le feu dans la cheminée de sa maison de campagne en forêt de Fontainebleau – et acceptait au compte-gouttes la direction de thèses sur les manuscrits de Proust, dans la mesure où il pouvait ensuite réutiliser à son profit ce qu'avaient trouvé ses étudiants. Il ne voyait là rien de malhonnête, persuadé que seul un esprit mûr comme le sien était capable de synthèse. En réalité, Guillaume Verdaillan avait une ambition personnelle, un projet qui lui tenait à cœur depuis des années : mener à bien, seul, une édition critique des œuvres complètes de Marcel Proust. Il était catégoriquement opposé à tout travail d'équipe et se moquait ouvertement des nouvelles éditions qui étaient le fruit suspect du labeur inégal d'une pléiade de chercheurs pour la plupart étrangers. « Pas de vue d'ensemble », tonitruait-il sur France-Culture, « Désastre de la fragmentation », répétait-il aux colloques qu'il fréquentait assidûment pour dénoncer les erreurs des autres.

Son éditeur, Alphonse Martin-Dubois fils, avait fini par se lasser et à ne plus compter sur l'édition promise, reléguant depuis longtemps ce projet aux oubliettes. D'ailleurs, il n'était pas convaincu que les livres de ou sur Proust rapportent beaucoup à l'heure actuelle. Un classique, certes, mais il y avait de la concurrence sur le marché et il était peut-être plus prudent d'attendre que la chose meure de sa belle mort. Les universitaires avec qui il devait hélas! parfois traiter étaient connus pour leurs apories chroniques et il y avait de grandes chances pour que l'édition Verdaillan ne voie jamais le jour. Or, miracle, en juin dernier, Guillaume Verdaillan était arrivé triomphalement dans son bureau, portant sous son bras un énorme tapuscrit qu'il avait jeté sur la table en lançant simplement : « Voilà. » Il avait ensuite insisté pour que l'ensemble paraisse début novembre car il avait été invité à faire une conférence à la Proust Association le 18 par la présidente, Mme Bertrand-Verdon. Elle lui avait promis le ministre et une surprise.

Devant les hésitations et les objections de Martin-Dubois fils, le professeur Verdaillan s'était fâché tout rouge. Il avait menacé de rompre son contrat et d'aller au tribunal, suggéré que les éditions Perpendiculaires seraient, elles, intéressées et ajouté perfidement qu'il était en pourparlers avec une maison américaine pour les droits de traduction. Pesant le pour et le contre financier, le directeur, pris de court, et ne voulant pas se faire un ennemi mortel de Verdaillan, qui avait une certaine influence sur les ventes de manuels scolaires, appela son sous-directeur à la rescousse, espérant que Philippe Desforge trouverait, comme toujours, une solution d'attente. À sa grande surprise, ce dernier avait manifesté le plus grand enthousiasme, affirmant qu'on pourrait trouver sans difficulté un imprimeur en banlieue parisienne en juillet-août, que la maquettiste n'était pas surchargée, qu'il superviserait personnellement la correction des épreuves. Quant au service de presse, il s'en chargerait aussi.

Alphonse Martin-Dubois en resta bouche bée mais supposa que Desforge avait de bonnes raisons de s'engager ainsi. Il promit donc à Guillaume Verdaillan que son édition paraîtrait en novembre, avec son nom en couverture et 1,5 % sur l'ensemble des ventes.

— En France et à l'étranger, insista le professeur.

— En France et à l'étranger, capitula l'éditeur effondré après avoir jeté un coup d'œil incrédule à Philippe Desforge.

Aussitôt Guillaume Verdaillan parti, Martin-Dubois se tourna vers son assistant :

— J'espère que vous savez ce que vous faites, mon vieux.

Se contentant d'un demi-sourire entendu, le sous-directeur, tout de gris vêtu ce jour-là, se retira avec un rassurant « Pas de problème. »

Pas de problème! Pas de problème, c'était vite dit. Alphonse Martin-Dubois passa un doigt effilé le long de son nez osseux, en signe d'impatience. Philippe était vraiment bizarre depuis quelque temps. Plus soigné de sa personne, il disparaissait de longs moments sans donner d'explications, travaillait à des heures invraisemblables, donnait la priorité aux choses les plus curieuses, d'un voyage surprise en Normandie à une apparition éclair lors d'une émission télévisée. On le disait en instance de divorce mais il n'avait jamais été aussi dynamique. Rajeuni, en quelque sorte. Philippe n'avait rien d'un don Juan. Tout était moyen chez lui, son visage sans caractère particulier, sa taille, son talent et ses ambitions. C'était sans doute pour cela qu'il avait fait jusque-là un excellent second. Le regard dubitatif du directeur des éditions Martin-Dubois se posa sur les centaines de pages dactylographiées empilées devant lui. Il espérait bien que les décisions éditoriales de Philippe Desforge n'avaient pas été dictées par un quelconque et tardif démon de midi.

« S'il nous fait perdre de l'argent, je le mets à la porte,

se dit-il. De toute manière, sans Mathilde, s'il est **vrai** qu'ils se séparent, il ne pourra plus guère être utile. »

Ayant consulté sa montre en or, le professeur Verdaillan constata qu'il s'était laissé aller assez longtemps à sa rêverie postprandiale et qu'il était temps de reprendre la route en sens inverse, s'il voulait avoir une ou deux heures de répit avant la conférence. Après avoir réglé l'addition, il monta avec une euphorie persistante dans sa *Renault* toute neuve, glissa *Athys* par les *Arts Florissants* dans le lecteur de cassettes et se permit un moment d'auto-congratulation. Les choses avaient bien failli mal tourner à la dernière minute mais il avait réussi à rétablir la situation à son avantage. Ce n'était pas cette petite snobinette de Bertrand-Verdon qui allait lui mettre des bâtons dans les roues. Elle avait des appuis en haut lieu, c'est vrai, et il devait admettre qu'elle lui avait fait peur, mais il ne risquait plus rien maintenant. Il avait trouvé la parade. Un sourire satisfait retroussa ses lèvres charnues.

Pendant plusieurs mois, Adeline Bertrand-Verdon lui avait littéralement fait la cour. Invitations constantes à des soirées musicales, cocktails de la Proust Association et « dîners manuscrits ». Ce qu'elle appelait ses « dîners manuscrits » était en fait l'occasion de réunir autour d'une table quelques personnes choisies en fonction de leur degré d'utilité pour l'aider à grimper l'échelle sociale et plus ou moins capables d'apprécier la saveur incomparable d'une recette rayée dans les manuscrits de Proust. La dernière fois, il s'agissait de perdreaux et d'un dessert mystérieux qu'elle avait prétendu avoir découvert au verso d'un cahier, dont elle avait refusé de révéler la référence exacte. Cela était fort contraire à ses habitudes.

Elle aimait généralement à dire exactement de quelle page manuscrite provenait le mets servi.

– Ce soir, nous mangerons du folio 54 recto, marge gauche, 1911, plaisantait-elle en guise d'action de grâces.

Il savait pertinemment que ce n'était pas elle qui s'abîmait les yeux à déchiffrer les passages inédits sur la gastronomie dans les manuscrits de Proust à la Bibliothèque nationale. Elle y envoyait quelqu'un d'autre – vraisemblablement la petite Dambert – et elle... faisait la synthèse. Mais Adeline Bertrand-Verdon avait ses entrées au ministère, s'entremettait avec succès pour organiser des colloques et procurer des invitations à l'étranger. On disait qu'elle connaissait personnellement Brachet-Léger et qu'elle était l'amie intime de Philippe Desforge. Ce qui lui avait permis de publier son *Guide du Parfait Proustien* aux éditions Martin-Dubois. Ça ne valait pas tripette. En fait, c'était simplement une collection hétéroclite de très belles photographies en couleurs des lieux dits proustiens – Paris, Cabourg, Illiers, Venise –, précédée d'une chronologie de la vie de l'auteur et suivie d'une mince bibliographie. Dans les milieux universitaires, on en ricanait en parlant méchamment du Guide du Pseudo-Proustien ou « tout-ce-que-vous-avez-toujours-voulu-faire-croire-que-vous-saviez-sur-Proust-sans-l'avoir-jamais-lu ». Cependant, le livre avait obtenu un petit succès mondain, grâce à un énorme service de presse et au fait qu'Adeline Bertrand-Verdon savait, indéniablement, se vendre.

Elle avait calculé ses chances et avait attendu son heure pour lui mettre l'odieux marché en main. Il n'était pas près d'oublier le jour pluvieux d'octobre où elle l'avait poussé dans ses derniers retranchements. Elle l'avait invité à déjeuner chez elle, rue Saint-Anselme, et l'avait accueilli fort cordialement. Ils avaient parlé de choses et d'autres jusqu'au dessert et de fil en aiguille, elle l'avait subtilement amené à mentionner son édition. Elle l'avait alors étonné en disant :

– Oui, je suis au courant. Et à ce propos, je me demandais si vous seriez disposé à retarder quelque peu la publication.

– Nullement, répondit-il, piqué au vif. Les choses n'ont que trop attendu et Alphonse Martin-Dubois lui-même m'a promis une parution le mois prochain.

– Ah! fit-elle, c'est ennuyeux, c'est vraiment ennuyeux. Et après une pause elle murmura comme pour elle-même : ce ne sera donc pas une édition des Œuvres complètes.

– Comment? Mais si, protesta-t-il avec véhémence. Tout ce que Proust a écrit...

– Non, cher ami, non. Il vous manque... Son regard noisette s'alluma d'une lueur sardonique. Il vous manque quinze cahiers.

Guillaume Verdaillan réfléchit brièvement, puis, soulagé, rétorqua sur le ton de la plaisanterie :

– Comme à tout le monde si vous parlez des quinze cahiers brûlés par Céleste Albaret sur les ordres de notre grand auteur. Personne ne peut les faire renaître de leurs cendres.

– Et supposez un instant qu'ils n'aient point été brûlés, ces cahiers... Adeline laissa tomber sa voix de manière dramatique. Supposez qu'une proustienne plus aventureuse que les autres les ait retrouvés, récemment, dans une collection privée...

– Vous ne voulez pas dire... commença-t-il.

Sa voix s'étrangla dans sa gorge. Son cœur se mit à battre violemment. Les cahiers de 1905! Ceux qui faisaient le lien entre le premier roman inachevé de Proust et son chef-d'œuvre! Ceux qui fourniraient la preuve d'un antécédent à un épisode clé d'*À la recherche du temps perdu*, sur l'originalité duquel il avait bâti toute son argumentation! Ceux qui détruiraient ses hypo-thèses si patiemment échafaudées et qui allaient être publiées dans quelques semaines!

— Ce n'est pas possible, dit-il tout haut, pour se ras-surer.

— Mais si, ça l'est, croyez-moi, affirma Adeline Ber-trand-Verdon. J'ai vu les quinze cahiers en question.

Elle se pencha légèrement vers lui et lui tapota la main d'un geste quasi protecteur. Tout à coup, une bouf-fée du « parfum le plus cher du monde », dont elle était enveloppée, arriva jusqu'à ses narines et provoqua chez lui un indicible écœurement. Il ferma les yeux comme pour oblitérer ce qui allait suivre. Mais qui suivit inexo-rablement.

— Je comprends quel rude coup cette découverte constitue pour vous, poursuivit-elle. Sans parler des édi-tions Martin-Dubois ni de l'ensemble de la communauté proustienne. Mais il n'est pas trop tard et il y a sans doute encore moyen de s'arranger.

Sans la moindre honte, elle lui avait proposé un « arrangement » : elle lui donnait accès auxdits cahiers, il différait de quelques mois la publication des œuvres complètes, il la prenait comme co-éditrice de l'ensemble. Puisque son nom à elle commençait par B, il précéderait, bien entendu, sur les couvertures celui de Verdaillan. Il pourrait annoncer lors de la prochaine réunion de la Proust Association le lancement, l'année prochaine, des Œuvres complètes de Marcel Proust, texte établi, présenté et annoté par Adeline Bertrand-Verdon et Guillaume Verdaillan.

Il avait blêmi, en songeant d'un côté aux diatribes contre les co-éditions qui avaient fait sa réputation de chercheur solitaire et d'un autre au ridicule dont il se couvrirait si Adeline s'adressait ailleurs et publiait des trouvailles invalidant son travail, rendant immédiatement caduque son édition à peine sortie des presses Martin-Dubois.

Elle était tranquillement assise, à l'observer avec un détachement ironique, comprenant parfaitement toutes les phases des émotions qui l'agitaient. Comme une mortelle araignée jubilant au milieu de sa toile, elle saisit ce moment pour jeter les derniers fils qui le ligoteraient pour de bon :

— Il faut que vous vous habituiez à l'idée. Je dois vous dire qu'il n'y aura aucun problème du côté de votre éditeur. J'ai parlé hier à Philippe Desforge, sous le sceau du secret, bien entendu. Il est d'accord. Vous pouvez donc me donner votre réponse demain. Mais, tant que nous y sommes, j'aimerais vous entretenir d'un autre sujet qui me préoccupe. Je viens d'apprendre que vous alliez prendre une retraite bien méritée – et fort active j'en suis convaincue – dans deux ans. Votre poste à Paris-XXV sera donc libre...

Il la regarda avec stupéfaction. Elle sourit et continua suavement :

— J'y ai quelques amis... Ce serait parfait pour moi dans deux ans. Je suis sûre que si vous recommandiez ma candidature...

Les mains de Guillaume Verdaillan se crispèrent sur le volant. À cet instant précis, il aurait été capable de l'étrangler et il ne savait pas ce qui se serait passé ensuite si la petite Dambert n'était alors arrivée avec un message urgent pour Adeline... Il ne voulait pas penser aux jours d'agonie qui avaient suivi. Il en avait perdu le boire et le manger. Il ne voyait pas de solution. Il se sentait comme un rat pris au piège dans une cage de laboratoire. Jusqu'au moment où, grâce indirectement à Max Brachet-Léger, il avait trouvé le moyen radical de la faire reculer. Il savourait d'avance sa victoire.

Comme il tournait un peu vite pour entrer dans la cour de l'auberge du Vieux-Moulin, il évita de justesse une collision avec une voiture de police, qui était garée en plein milieu. Maugréant contre les abus d'autorité et les privilèges, il s'apprêtait à monter à sa chambre quand il entendit les paroles qui le figèrent au bas des marches :

– Quelle histoire! une si bonne cliente. Assassinée! Pauvre Mme Bertrand-Verdon! Quelle histoire!

*

Au même moment, à Paris, dans le splendide salon de sa villa, impasse Montsouris, Max Brachet-Léger était au désespoir. Assis depuis des heures près de son téléphone, immobilisé, paralysé par la peur d'avoir irrémédiablement perdu l'être qui lui était le plus cher au monde, il était tassé dans un fauteuil en cuir noir, les yeux mi-clos, les cheveux en bataille, en proie à une de ses fameuses crises d'angoisse existentielle.

Tout avait commencé quand Dominique l'avait supplié de faire une apparition à ce colloque de la Proust Association. Il aurait dû savoir que cette insistance était pour le moins suspecte. Mais dans un moment de faiblesse, dont le souvenir seul suffisait à lui faire ressentir à nouveau un émoi qui l'amenait au bord de la jouissance rétrospective, il avait dit oui. Après l'horrible dispute de la veille, cependant, il avait changé d'avis. Dominique était parti au milieu de la nuit, en claquant la porte.

Ce matin, après des heures de veille inutiles à guetter près de la fenêtre un hypothétique retour, Max Brachet-Léger avait décidé de se décommander. Ce n'était, de toute manière, pas mauvais pour son image. Il avait donc vainement essayé d'appeler la Maison de Tante Léonie. Pas de réponse. C'était quand même incroyable qu'il n'y ait pas la moindre secrétaire pour prendre des messages dans cette association minable! Et pendant qu'il bloquait le téléphone pour ces bêtises, Dominique risquait d'appeler et d'entendre la sonnerie occupée! Excédé, Max Brachet-Léger avait alors envoyé un télégramme ainsi libellé : « Impossible venir. Aphone. MBL. » De la sorte, si Dominique était sur place, il serait bien puni. S'il était ailleurs...

Le grand critique parisien s'enfonça davantage dans son fauteuil, prit son auguste tête entre ses mains délicates d'intellectuel, et comme tous les amants délaissés du monde, se mit à pleurer à gros sanglots pathétiques et inélégants.

VIII

De la fenêtre de sa petite mais luxueuse chambre
– poutres apparentes, moquette, bain privé, télévision –
Patrick L. Rainsford, homologue américain du professeur Verdaillan, en plus jeune, en plus sémillant, en
plus dynamique, avait vu arriver la voiture de la police
et commençait à s'inquiéter sérieusement. Il passa pour
la dixième fois une main distraite dans ses cheveux
blonds, abondants et disciplinés. Il cultivait discrètement le style Hemingway, auquel nombre de ses étu-
diantes n'étaient pas complètement indifférentes, et
affectait un accent oxfordien sous le prétexte que sa mère
était anglaise. Il attribuait le choix de ses études en
français et son excellente prononciation à la mémoire
d'une lointaine ancêtre louisianaise, sans toutefois indi-
quer qu'elle avait vraisemblablement fait partie d'un
des nombreux lots de prostituées déportées à la Nouvelle-
Orléans au XVIIIe siècle.

Il était ici en service commandé. Non point qu'il fût
proustien. Le Ciel l'en préserve! Loin de lui l'idée désuète
et saugrenue de consacrer sa vie à un auteur. Non, lui,
ce qui l'intéressait, c'était la théorie. Il avait publié, il
y a dix ans, en guise de thèse un petit volume plaisam-

ment intitulé « Critique de la Critique des nouvelles critiques : une vue transatlantique » auquel peu de gens comprirent goutte mais qui avait paru avec une postface du directeur qui faisait à ce moment-là la pluie et le beau temps aux presses de son université et avait des moyens de pression efficaces sur l'un des journalistes du *New York Times*. Ce petit ouvrage – et la protection particulière de son redoutable mentor – l'avait donc rapidement propulsé au rang de professeur dans un poste de son choix. Aussitôt qu'il avait été dans la place, il avait participé avec enthousiasme et brio à divers comités, fréquenté les personnes de la bonne société locale charmée par son accent britannique et y avait choisi, au moment opportun, une épouse riche, encore jeune, peu encombrante et qui l'adorait. Quand il avait fallu désigner un nouveau chef de département des langues romanes, son nom était venu tout naturellement. Et pendant un certain temps, il avait « construit » systématiquement une petite cour et sa réputation. Depuis quelques mois il avait assisté à d'innombrables services de l'Église épiscopalienne : il avait bien l'intention d'être le prochain doyen. Tout était pratiquement en place. Ne manquait plus qu'un ultime coup de force, raison de sa présence à la réunion de la Proust Association.

En effet, il avait donné un premier choc sacrilège mais payant aux traditions du collège, instauré la méthode pédago-activo-informatique en première année, fait monter vertigineusement le nombre des demandes d'admission en français, fait venir (et repartir quand besoin était, vu les changements soudains dans les tendances critiques) une structuraliste, un marxiste, un déconstructionniste et une féministe. Il venait d'embaucher un spécialiste des études francophones. Il lui fallait maintenant et d'urgence un généticien de renom pour son Centre des Manuscrits Postmodernes. Et la Légion d'Honneur. Après, il pourrait les laisser tranquillement s'entretuer, du haut de sa nouvelle position. Quand il avait appris que le ministre honorerait de sa présence la réunion automnale de la Proust Association, et qu'en plus le célèbre critique Brachet-Léger, qu'il était généralement impossible d'approcher, daignerait y dire quelques mots, il n'avait pas hésité une seconde à sauter sur l'occasion et dans le premier avion (Air France, car on y mange un peu moins mal que dans les autres et il se targuait d'être un fin gourmet) en partance de Boston. Tout aurait « baigné dans l'huile », comme disaient les adolescents français, s'il n'y avait pas eu le problème Bertrand-Verdon.

Quand il était arrivé à Paris, quelques jours auparavant, Patrick Rainsford avait trouvé tout à fait normal le message déposé à son hôtel et l'invitant à un thé chez la présidente de la Proust Association. Il n'avait pas répondu tout de suite, bien sûr, ne voulant pas avoir les mains liées si par hasard quelque chose de plus intéressant se présentait – soirée aux services culturels, dîner au Ritz aux frais du gouvernement, première d'une exposition quelconque où il serait bon d'être vu. D'un autre côté, le ministre – ou sa femme – pourrait peut-être faire une brève apparition au thé en question et si Jerry Lewis, Kirk Douglas et une multitude d'autres Américains avaient été récemment décorés, pourquoi ne pas poser des jalons pour sa Légion d'Honneur à lui ou au pis ses Palmes académiques? Il n'osait espérer la présence de Brachet-Léger, mais pensant qu'il pourrait toujours se décommander à la dernière minute, prétextant les insidieux effets du décalage horaire, il avait fini par accepter. La secrétaire l'assura au téléphone que « Mme Bertrand-Verdon serait ravie de le voir ». Jolie voix, cette secrétaire.

« Jolie brune en puissance, si seulement elle se donnait la peine de s'arranger », pensa-t-il quand elle lui ouvrit la porte d'un prétentieux immeuble de la rue Saint-Anselme. L'appartement aux murs peints en blanc et aux tentures pseudo-Fortuny était encombré d'un savant mélange de meubles Empire et Louis-Philippe et de livres de toutes sortes, qui témoignaient des goûts éclectiques de la maîtresse de maison en matière de littérature, ou du moins de son désir de montrer qu'elle lisait. Au moment où il entrait au salon, un quatuor se mettait en place. Voilà bien sa chance! Il détestait la musique de chambre. Mais il était trop tard pour rebrousser chemin. Elle l'avait vu.

– Ah! voici le professeur Rainsford, s'écria-t-elle. Par ici, cher ami, par ici... Nous n'aurions pas commencé sans vous...

Il l'avait rencontrée une fois à Washington – ou bien était-ce à New York? – à l'ambassade et avait éprouvé le même sentiment de répulsion amusée. Adeline Bertrand-Verdon savait s'habiller. La robe noire qu'elle portait était admirablement coupée et rehaussée par un lourd collier en or torsadé, avec boucles d'oreilles et bracelets assortis. Et elle savait, indiscutablement, se maquiller. L'ombre à paupières vert pâle était exactement de la nuance qui convenait pour donner de la profondeur à de fort ordinaires yeux noisette et mettre en valeur la lourde frange de cheveux noirs, teints et coupés à la perfection. Le rouge stratégiquement disposé sur des pommettes un peu trop saillantes détournait l'attention de lèvres un peu trop minces mais habile-

75

ment épaissies par le fard et d'un menton un peu trop pointu, quoique pouvant passer pour volontaire, vu de loin.

Pourquoi donc, devant ce visage si aimablement levé vers lui, devant cette main endiamantée si amicalement tendue dans sa direction, Patrick Rainsford eut-il un mouvement de recul qu'il eut toutes les peines du monde à contrôler?

« *A phony* », pensa-t-il sans réfléchir. Et aussitôt dans sa seconde langue « Qui se ressemble s'assemble. » Et tout haut :

– Chère madame, quel plaisir de vous revoir! C'était de l'autre côté de l'océan, la dernière fois, si mes souvenirs sont bons...

Il serra la main tendue et fut présenté à quelques personnes dont il mit un point d'honneur à oublier derechef les noms sans importance, à part ceux de Philippe Desforge, qui avait encore quelque influence aux éditions Martin-Dubois, et du vicomte Édouard de Chareilles, qui pourrait éventuellement l'inviter dans un de ses châteaux en province. Verdaillan était là, bien sûr, et tout en discutant boutique avec lui, Patrick Rainsford laissa négligemment errer son regard bleu-vert sur le petit groupe. C'était tout de même incroyable qu'il n'y ait pas une seule femme à mettre dans sa catégorie B(aisable) en français / *F(uckable)* en anglais. À part peut-être la secrétaire. Il était clair que ni le ministre, ni sa femme, ni Brachet-Léger n'étaient attendus. La partie musique fut encore plus ennuyeuse que prévu. Mais les sandwichs qui suivirent venaient de chez Fauchon, les différentes variétés de thé étaient buvables et le champagne d'un honorable millésime... Il s'apprêtait, cependant, à s'en aller avec la première fournée d'invités, quand, virevoltante, Adeline Bertrand-Verdon s'interposa entre la porte et lui.

— Cher ami, ne partez pas en traître, restez quelques instants de plus, dit-elle en lui posant une main étonnamment ferme sur le bras gauche. Je vous en prie, pendant que je me débarrasse au plus vite de tout ce monde, lui susurra-t-elle sur le ton de la confidence badine.

Le professeur américain était fort ennuyé. Il savait les Françaises fantasques, mais elle ne s'imaginait tout de même pas... Elle eut quelque difficulté à se débarrasser du vicomte. Mais un câlin et persuasif : « Voyons, mon ami, vous savez bien que nous devons nous voir plus tard », accompagné de grands battements de cils, finit par le mettre à la porte.

Patrick Rainsford était de plus en plus déconcerté. Si elle devait retrouver son vicomte, pourquoi diable lui avait-elle pratiquement ordonné de rester ? « Elle doit vouloir que je la fasse venir à l'Université pour donner une conférence », se dit-il. « Mais avec ses deux ou trois articulets publiés par protection dans des revues obscures et son ridicule *Guide du Parfait Proustien*, je ne peux vraiment, vraiment pas l'inviter. »

— Nous voilà enfin seuls, dit-elle avec un sourire qui découvrit ses dents de louve.

— En effet, répondit-il avec prudence, un peu mal à l'aise.

— Asseyons-nous donc confortablement, suggéra-t-elle en lui désignant un canapé aux multiples dorures. Vous devez vous demander pourquoi j'abuse ainsi de votre temps, ajouta-t-elle en baissant modestement les yeux.

— C'est-à-dire que j'ai un dîner, mentit-il sans sourciller.

– Ah! J'aurais dû m'en douter, murmura-t-elle avec un air mi-figue, mi-raisin. Et plus haut : J'irai donc droit au but. On me dit que vous allez créer un Centre d'Études des Manuscrits...

Il fut quelque peu étonné qu'elle soit au courant. Le projet n'était encore connu que de trois ou quatre administrateurs et de quelques collègues qu'il n'avait pas pu attendre de rendre jaloux. Au moment où on faisait des coupes claires dans tous les budgets, on lui avait donné carte blanche et des milliers de dollars pour fonder son centre d'études génétiques, on faisait confiance à sa vision d'un programme d'éducation du XXIe siècle! Le monde universitaire franco-américain était décidément petit, trop petit pour éviter les fuites. Ou alors il était trop connu. Cette pensée le réconforta.

– Je songe, en effet, à mettre sur pied un centre qui recueillerait les manuscrits modernes et postmodernes, une sorte de laboratoire d'analyse de l'écriture de notre temps... se lança-t-il malgré lui, par réflexe. Mais pas dans l'immédiat, se corrigea-t-il aussitôt. Vous n'imaginez pas le travail de mise en place que cela représente.

– Je n'imagine que trop. Je suis parfois débordée par la direction de la Proust Association, qui est à une bien plus petite échelle. Vous allez donc avoir besoin de quelqu'un qui pourrait éventuellement assurer la coordination de tout cela. On ne peut pas sonner les cloches et être à la messe, dit-elle d'un ton enjoué.

Il voyait maintenant où elle voulait en venir et estima qu'il était temps de mettre un terme à l'entretien. Il y avait plusieurs façons de le faire. Il opta pour une astucieuse dérobade.

– Vous avez tout à fait raison, chère madame. Et je cherche. La seule condition, puisque les fonds viennent d'organismes privés américains, est que cette personne soit américaine.

— Oh! reprit-elle, il doit bien y avoir des arrangements possibles avec le bon Dieu. Et comme elle le voyait sur le point de protester et de se lever, elle ajouta, en exagérant le sourire malicieux qui contrastait vivement avec la lueur mauvaise de son regard verdâtre : avant que nous ne poursuivions, il faut que je vous dise, professeur Rainsford, que j'ai rencontré l'été dernier à un cocktail, tout à fait par hasard, la sœur de Laura Peterson.

Il resta parfaitement immobile mais sa pâleur soudaine le trahit sans doute puisqu'elle lui proposa avec une ironique sollicitude :

— Un peu de bourbon? Du cognac?

Il fit un signe de dénégation. Elle continua, impitoyable :

— Comme je vous le disais, vous allez donc devoir choisir une assistante qui sera au courant des problèmes actuels en critique génétique. Ne croyez-vous pas que la réunion de la Proust Association serait un bon moment pour l'annoncer? Nous parlons de septembre prochain, bien entendu. Je ne serai pas... libre avant.

Il fit une dernière tentative et parvint à dire :

— Les choses ne dépendent pas entièrement de moi.

— Oh! cher ami, Mais tout le monde sait que vous faites ce qui vous plaît. Avec votre réputation. Vous ne voudriez pas qu'elle soit perdue, cette réputation, ce qu'elle serait si on venait à découvrir qui a vraiment écrit votre *Critique des nouvelles critiques*... Mais personne n'a besoin de le savoir. Les lettres de Laura ne sont, Dieu merci, pas dans le domaine public. Il n'y a pas cinquante ans qu'elle a... disparu si je puis dire et...

Un petit bruit sec venant du côté de la porte mal fermée la fit brusquement s'interrompre.

— Gisèle, cria-t-elle presque.

Quand la mince silhouette de la jeune femme aux longs cheveux se découpa dans l'encadrement de la porte, Patrick Rainsford eut l'impression de voir apparaître l'ange de miséricorde typique des tableaux préraphaélites.

— Comment, Gisèle, qu'est-ce que vous faites là? Je vous croyais partie depuis... longtemps.

— Mais madame, vous m'aviez dit de finir les étiquettes...

— Vous étiez donc dans mon bureau, s'enquit Adeline Bertrand-Verdon d'un ton accusateur.

— Mais oui, madame, comme vous me l'aviez demandé, se défendit maladroitement l'autre. J'ai fini. J'allais partir...

— C'est bon, Gisèle, partez. Et soyez là demain matin à dix heures précises, conclut-elle avec un air excédé suggérant qu'il fallait sans cesse rappeler les domestiques à leurs devoirs.

Patrick Rainsford profita de l'occasion et se leva :

— Il faut que je parte aussi.

— Ah! oui votre... dîner, dit Adeline en ramenant vers lui son regard assombri. Eh bien! allez, puisque nous sommes d'accord. Car nous sommes d'accord, n'est-ce pas?

— Je vous téléphonerai, dit-il en forme de congé.

— C'est cela, téléphonez-moi. De toute manière, nous nous reverrons au Vieux-Moulin la veille de la réunion. Pour régler les derniers détails, après le dîner sera sans doute le plus commode. Gisèle va vous appeler un taxi, si vous voulez...

*

« La garce! pensa-t-il avec rage, la garce! »

Il l'avait revue en effet, hier soir, au dîner, dont
chaque plat lui avait été une torture, des asperges aux
fraises à la crème, en passant par le poulet sauce finan-
cière. Et après, à la Maison, étendue par terre de tout
son long dans son tailleur à carreaux, pathétique et enfin
muette, la tempe droite fracassée par les pieds ensan-
glantés d'une statue.

IX

Vers seize heures, il y avait foule dans et devant la pâtisserie À la vraie madeleine, en face de l'église, sur la place du village. La lumière était moins vive et les rayons du soleil couchant transformaient le petit triangle gris, bordé de vieilles maisons pittoresques à l'air vaguement hollandais à cause de leurs poutres apparentes et de leurs fenêtres losangées, en un lieu poétique, resplendissant dans une lueur orange, et retentissant des échos de multiples langues étrangères.

Les bruits les plus divers circulaient, dans des traductions plus ou moins adéquates, et l'annonce de la mort violente de la présidente de la Proust Association avait pris une dimension internationale qui ne lui eût point déplu de son vivant.

Tous ceux qui étaient allés directement à la Maison de Tante Léonie y avaient trouvé, outre deux gendarmes imperturbables, une affiche rédigée d'une écriture tremblée, portant ces mots : « Pour des raisons indépendantes de notre volonté, la réunion de la Proust Association aura lieu dans la salle d'honneur du lycée Marcel Proust ». Elle avait été fixée sur la porte avec deux punaises par le guide bénévole, André Larivière, un très vieux monsieur, ancien inspecteur des impôts, lecteur fervent et gardien des traditions, qui déplorait dans les termes les plus vifs la présence d'une équipe de cinéma, venue précisément ce jour-là faire des repérages.

– Cette maison n'est pas une piste de cirque, protestait-il d'une voix chevrotante d'indignation. Elle a été le théâtre d'un drame et je vous prierais de respecter la mémoire...

– Mais puisque je vous répète que la présidente nous a donné la permission... J'ai la lettre, criait un blondinet rouge de colère, en brandissant une enveloppe qui portait effectivement le sigle de la Proust Association. Nous sommes en retard à cause des manifestations sur les routes.

– Johnny, Johnny *let it go,* intervint un homme plus âgé à l'allure de dandy, qui avait à ses trousses deux cameramen, un maquilleur et un photographe. Je suis Ray Taylor, ajouta-t-il avec un sourire éblouissant, comme si décliner son identité allait tout expliquer.

– André Larivière, répondit militairement le vieux monsieur en rajustant son nœud papillon. Je ne saurais trop vous encourager vous et votre... troupe à vous rendre au lycée Marcel Proust. C'est là qu'auront lieu les événements.

Avec beaucoup de mauvaise humeur et dans un langage qui frisait l'obscénité, Ray Taylor s'exécuta, laissant le guide bénévole planté comme un cerbère triomphant devant la Maison. Du coin de l'œil, il aperçut Émilienne à l'angle de la rue et lui fit un signe impérieux de la main.

– Émilienne, lui dit-il, soufflant comme un phoque, si nous voulons éviter une autre catastrophe, il faut conjuguer nos efforts. Pouvez-vous prendre ma place et orienter les nouveaux arrivants vers le lycée? J'ai vu M. Desforge, qui était bouleversé, comme vous pouvez bien le penser, mais je ne sais pas si le vicomte de Chareilles est averti...

— Et Mlle Dambert? interrogea Émilienne. Elle m'a laissé son sac, qui n'est pas léger, je vous assure.

— Donnez-le-moi. Elle m'a téléphoné du Vieux-Moulin. C'est elle, la malheureuse, qui va remplacer la présidente pour l'ouverture du colloque...

— C'est que je l'ai laissé au Café de la Gare, confessa de mauvaise grâce Émilienne, qui poursuivait ses pensées. Je n'allais pas le traîner indéfiniment sans savoir ni où ni quand je la reverrais...

— Je n'ai pas le temps de passer par le Café de la Gare. Il faut absolument que j'aille au lycée tout de suite prévenir des derniers développements.

— Quels derniers développements?

— Ah! c'est vrai, vous ne savez pas. On vient juste de recevoir un télégramme de M. Brachet-Léger. Il ne peut pas venir. Il a perdu la voix!

— Qu'il dit, renâcla Émilienne.

Ça ne se faisait pas, dans son milieu, de se décommander ainsi à la dernière minute. Mais André Larivière avait déjà tourné les talons et se dirigeait, avec toute la hâte que lui permettaient ses jambes d'octogénaire, vers les bâtiments de l'école, pour annoncer la funeste nouvelle.

*

À l'auberge du Vieux-Moulin, après avoir donné à Gisèle Dambert la permission d'aller vaquer à ses affaires, le commissaire Foucheroux avait fait porter deux messages, l'un à Patrick Rainsford, l'autre à Guillaume Verdaillan, leur enjoignant de venir lui parler dès la fin du colloque. Il avait ensuite demandé à voir la chambre qu'avait occupée Adeline Bertrand-Verdon, sachant que l'adjudant Tournadre avait donné des ordres pour que la femme de chambre ne touchât à rien.

Il s'était trouvé dans une pièce charmante, au papier fleuri, aux meubles rustiques, où régnait l'ordre un peu artificiel des chambres d'hôtel, en dépit de deux gravures originales et inattendues représentant des scènes de la *Légende dorée*. Il remarqua que le lit n'avait pas été défait et qu'une rose se desséchait sur l'oreiller, à côté d'un chocolat plié dans du papier d'argent. Sur la table de nuit à l'ancienne, il y avait une bouteille d'eau minérale, un verre en cristal, une cuiller et un pot de confiture – de pétales de roses, selon l'étiquette. Sur le petit bureau placé entre deux fenêtres, une lampe, du papier à lettres à l'en-tête du Vieux-Moulin et un sac à main en chevreau noir, mal fermé. Jean-Pierre Foucheroux en examina le contenu en prenant les précautions d'usage et y trouva exactement ce à quoi il s'attendait : un portefeuille en cuir fin avec une poche pour l'argent liquide et une autre pour les diverses cartes de crédit et un permis de conduire rose au nom d'Adeline Bertrand née Verdon quarante ans auparavant à Nemours et domiciliée rue Saint-Anselme à Paris. La photographie, en couleurs, était assez flatteuse mais le sourire arrogant qui relevait les lèvres rougies donnait au visage triangulaire un air moqueur et glacé. Dans un compartiment séparé se trouvaient également une petite boîte à maquillage permettant les raccords de rouge à lèvres, de fard à paupières et de fond de teint, un stylo en or avec les initiales ABV gravées sur le capuchon, un bloc de papier

85

de qualité et un carnet d'adresses surchargé de corrections. Il manquait seulement au tableau de la parfaite femme d'affaires que ces divers objets suggéraient un calendrier et des clés.

Jean-Pierre Foucheroux supposa qu'Adeline Bertrand-Verdon avait dû quitter sa chambre précipitamment, si précipitamment qu'elle avait négligé d'emporter le minimum : même pas un sac, même pas un manteau – hypothèse qui se vérifia lorsqu'il ouvrit la penderie où était accrochée une splendide pelisse en renard argenté en compagnie de deux robes d'excellents couturiers et d'un ensemble en laine rouge –, juste des clés. Il aurait donné cher pour savoir ce qui avait provoqué ce départ impromptu et amené la présidente de la Proust Association à fuir ce refuge douillet en faveur de la froide Maison de Tante Léonie après dix heures du soir. Car selon les propriétaires de l'auberge, Adeline Bertrand-Verdon avait demandé à ce qu'on ne la dérangeât plus ensuite.

Sur la commode qui faisait face au lit était posée une petite valise dans laquelle se trouvaient une écharpe de chez Hermès, de la lingerie de rechange, une chemise de nuit en dentelle blanche avec peignoir assorti, une paire de mules en velours et des bottes à hauts talons pointus. À gauche du meuble, dont aucun tiroir n'avait été utilisé, la porte donnant sur la salle de bains était entrouverte. Dans la petite pièce carrelée en vert et blanc et d'une impeccable netteté, une serviette froissée et une énorme trousse de toilette étaient les seuls signes visibles du bref passage de l'occupante de la chambre. Outre les objets habituels, Jean-Pierre Foucheroux nota la présence de plusieurs sortes de produits pharmaceutiques

— cachets d'aspirine, comprimés antidépresseurs, somnifères, vitamines et pommade analgésique.

« Une mini-pharmacie », se dit-il, en s'asseyant sur un fauteuil Voltaire, recouvert du même tissu que celui du dessus-de-lit et des rideaux. Une chambre parfaite pour une femme qui aimait la synchronisation des couleurs jusque dans ses sous-vêtements, se prit-il à penser. La qualité du silence qui l'entourait s'imposa soudain. Il avait l'impression d'être à l'intérieur d'une boîte confortablement capitonnée. Faisant confiance à son intuition, il laissa errer son regard sur les choses. Indépendamment de la routine de l'enquête, il lui suffisait souvent de se détendre complètement pour qu'un détail révélateur le frappe plutôt que d'essayer de forcer les lieux, les faits et parfois les gens à parler. Certaines techniques de yoga, apprises dans l'adolescence, l'avaient sauvé une fois du désespoir. Avec l'aide de Leila Djemani. Quand ses yeux se fixèrent sur le pot de confiture dont le couvercle avait visiblement été ouvert et sur la cuiller en argent, un peu ternie, il sut quelle était l'étape suivante. Pour vérification, il appela tout de même le standard téléphonique, qui le relia aux cuisines. L'auberge du Vieux-Moulin proposait pour le petit déjeuner du miel, de la confiture à la fraise, à la framboise, à la myrtille, à l'abricot, et à la rigueur de la marmelade d'oranges amères mais n'avait pas en réserve de confiture de pétales de roses, produit exotique peu en accord avec « le goût du terroir » qui faisait sa différence et sa réputation.

La meilleure chose à faire, après avoir expédié le pot de confiture au laboratoire, était de se rendre à la réunion de la Proust Association pour observer les participants. Dommage que Leila ne puisse pas y assister car son extraordinaire intuition qu'il n'était plus assez sexiste pour qualifier de féminine faisait d'elle une précieuse collaboratrice. Il sourit en se rappelant combien il avait été furieux quand Charles Vauzelle la lui avait littéralement imposée comme inspecteur il y a trois ans. Et leur première entrevue faite de réserve, de méfiance et de ressentiment de part et d'autre. Car il ne désirait pas plus travailler avec cette grande brunasse mal fagotée qui avait tendance à l'embonpoint qu'elle n'acceptait d'être mise à la disposition du brillant protégé, qu'un accident de voiture, tuant sur le coup sa jeune femme enceinte, venait de handicaper. Les débuts avaient été difficiles car tout les séparait. Maintenant ils formaient une équipe dont les nombreux succès dans la résolution des affaires les plus difficiles étaient devenus légendaires. Ils jouissaient d'une flexibilité rarissime dans le cadre d'enquêtes policières dont ils n'auraient théoriquement pas dus être chargés. Ils en étaient même arrivés à rire ensemble des sobriquets qu'ils savaient fort bien qu'on leur avait attribués : Poupoune et Banban.

*

Au lycée, la confusion la plus totale régnait dans les couloirs. Des flèches en papier indiquant la direction de la salle d'honneur avaient été tournées dans tous les sens par des élèves malicieux, et qui ne connaissait pas son chemin risquait d'errer longtemps entre les étages. André Larivière savait, heureusement, où il allait. Il trouva Gisèle Dambert, en compagnie de Philippe Desforge et du professeur Verdaillan, dans la pièce adjacente à la salle d'honneur, aux prises avec l'équipe de Ray

88

Taylor. Il fendit le petit groupe et donna sans un mot à la secrétaire le télégramme de Max Brachet-Léger.

— Oh! non... laissa-t-elle échapper.

— Qu'est-ce qui se passe encore? demanda Guillaume Verdaillan, d'un ton impatienté.

— M. Brachet-Léger ne peut pas être des nôtres. Une crise de laryngite aiguë...

— Tiens, c'est une variante. D'habitude il est spécialiste des grippes diplomatiques, coupa ironiquement le professeur. Bah! ce n'est pas si dramatique. Ça me fera plus de temps pour mon intervention.

— Certaines personnes vont être bien déçues, glissa sournoisement Philippe Desforge, mais en tant que membre du Conseil, je pense que l'essentiel est que la réunion ait lieu, quelles qu'en soient les conditions, et je vous sais gré, mademoiselle Dambert, de bien vouloir assumer le discours d'ouverture. L'émotion m'empêcherait d'être efficace mais puis-je vous suggérer l'angle suivant...

Il entraîna Gisèle dans un coin pendant que Guillaume Verdaillan se rengorgeait devant les caméras de la télévision britannique, Ray Taylor ayant décidé que puisqu'il ne pouvait pas pénétrer dans la Maison de Tante Léonie pour son film documentaire, autant valait tirer parti du colloque lui-même pour un épisode à sensation sur le meurtre de la présidente. Tout à coup, apercevant Gisèle en conversation avec Philippe Desforge, il eut une inspiration. Il se rapprocha, la jaugea, fronça le nez et fit un signe discret à son maquilleur. « *Can you fix her?* », demanda-t-il. L'autre observa Gisèle, regarda sa montre et opina. « *Sure* ». Il réclama une demi-heure, un foulard, des boucles d'oreilles et des chaussures à talons hauts. « *Got it* », l'assura son directeur en marchant droit sur sa nouvelle Cendrillon, large sourire aux lèvres et agitant dans l'air ses mains de magicien moderne.

*

Parmi la cinquantaine de personnes rassemblées dans la salle d'honneur aux hautes fenêtres fermées sur un glorieux crépuscule, le commissaire Foucheroux distingua plusieurs groupes : au premier rang les notables du village, parmi lesquels il reconnut le maire en grande conversation avec un homme d'un certain âge, portant monocle, ruban à la boutonnière et chevalière à l'annulaire gauche, puis, juste derrière, quelques intellectuels de diverses tendances, étudiants et professeurs reconnaissables à leurs stylos décapuchonnés, prêts à prendre des notes, puis un bon nombre d'étrangers assis ensemble et devisant en anglais et, au fond, plusieurs indépendants séparés les uns des autres par deux ou trois chaises vides.

À cinq heures dix, alors qu'une certaine impatience commençait à se manifester dans la salle, une jeune femme aux cheveux relevés de telle sorte qu'ils formaient un halo mordoré autour d'un visage dont l'ovale était mis en valeur par d'invraisemblables boucles d'oreilles en émail bleu s'avança vers le microphone posé sur un lutrin, fit face aux personnes assemblées et prit la parole. Peu de gens avaient reconnu Gisèle Dambert, métamorphosée par une immense écharpe en soie et le port de fins souliers à l'italienne, qui lui donnaient un air d'assurance qu'elle était loin de ressentir. C'est d'une voix d'abord chancelante qu'elle se jeta dans le discours qui lui avait été plus ou moins imposé tandis que se fixaient sur elle les grosses lentilles de deux caméras implacables :

— Mesdames, messieurs, chers membres de la Proust Association, c'est avec une grande tristesse que nous vous faisons part de la disparition brutale, hier au soir, de notre présidente...

Jean-Pierre Foucheroux ébaucha un brusque mouvement qui fit grincer sa chaise tandis que Gisèle poursuivait :

« Comme Mme Bertrand-Verdon aurait certainement tenu à ce qu'eût lieu ce colloque qu'elle avait elle-même organisé, il a été décidé de suivre son programme, avec une légère modification outre celle du changement de salle, pour lequel nous vous prions une fois encore de nous excuser. Nous tenons à remercier ici M. le proviseur de sa généreuse collaboration. J'ai toutefois le regret de vous annoncer que M. Max Brachet-Léger, souffrant, ne pourra se joindre à nous...

Un murmure de déception parcourut les rangs des auditeurs et on entendit distinctement un mot grossier.

« Mais le professeur Verdaillan tiendra la conférence qui était prévue et les autorités nous permettent de vous confirmer qu'il y aura demain à quatorze heures une visite partielle de la Maison de Tante Léonie, guidée par M. André Larivière. Nous espérons donc qu'en dépit des circonstances tragiques qui marquent cette journée, votre présence à ce colloque nous permettra de commémorer la mort de Marcel Proust en donnant une seconde vie à son œuvre par une nouvelle lecture de textes dont beaucoup... »

Des applaudissements bruyants dont la source resta incertaine coupèrent alors la parole à Gisèle Dambert, qui rougit, se troubla et termina avec un petit geste pathétique en direction de la droite du premier rang :

— Le professeur Verdaillan de l'université de Paris-XXV...

Sûr de lui, ce dernier se leva, extirpa une liasse de papiers de sa serviette, rajusta ses lunettes et après un rapide « Merci mademoiselle » se lança dans son sujet en remplaçant simplement « c'est un grand plaisir » par « c'est un triste honneur » de venir parler devant vous aujourd'hui de la problématique du pluritexte...

Il en parla pendant une heure et quarante minutes, en dépit de signes de lassitude grandissante de la part de ses auditeurs, pour qui, dans l'ensemble, arriver au bout d'une unique lecture d'une seule version d'*À la recherche du temps perdu*, constituait en soi un exploit qu'ils n'avaient nullement l'intention de répéter. Dès que le professeur Verdaillan se fut tu, surgi comme un diable d'une boîte, un petit homme falot se saisit du microphone d'une main gantée de cuir, le remercia au nom du Conseil de la Proust Association, décréta qu'à cause de l'heure tardive, il n'y avait pas une minute pour d'éventuelles questions et prononça la clôture du colloque annuel, au grand soulagement des personnes concernées sauf une.

Jean-Pierre Foucheroux se tourna vers l'adjudant Tournadre qui était venu discrètement s'asseoir à côté de lui et qui lui murmura à l'oreille en réponse à sa muette interrogation : « Philippe Desforge. Et à côté, avec le monocle, le vicomte de Chareilles. »

X

Dans le brouhaha général qui suivit, il fut difficile à Jean-Pierre Foucheroux de suivre les conversations particulières mais, alors qu'il se dirigeait vers le conférencier, il entendit distinctement Philippe Desforge s'adresser au personnage à monocle :

— ...par conséquent, je ne vois pas en quoi vous pourriez être inquiété puisque vous étiez à la Moisanderie.

Profitant de l'occasion, il se présenta courtoisement aux deux hommes dont la taille, l'attitude et l'expression des visages formaient un contraste des plus frappants.

— Commissaire Foucheroux, de la Police judiciaire. Monsieur Desforge, dit-il en fixant le plus petit des deux, auriez-vous l'obligeance de m'accorder quelques minutes ?

— Maintenant ? s'indigna le sous-directeur des éditions Martin-Dubois, en homme occupé qu'il prétendait être.

— Le plus tôt sera le mieux, répondit doucement le commissaire sans que soit diminuée l'autorité naturelle de sa voix.

— Eh bien, dans une heure ou deux, si c'est absolument nécessaire... Le temps d'assurer mes fonctions de membre du Conseil et de vérifier que l'annulation du cocktail a bien eu lieu au Vieux-Moulin...

– À neuf heures, donc, si cela vous convient, chambre 5, proposa aimablement le policier.

Après une courte hésitation, son interlocuteur laissa tomber du bout des lèvres un « très bien » récalcitrant. Pendant cette conversation, l'autre personne était restée parfaitement immobile, absente, le regard dédaigneux et détaché de l'agitation ambiante. Jean-Pierre Foucheroux risqua une approche directe :

– Monsieur le Vicomte...

– Chareilles. Édouard de Chareilles, vicomte d'Omboy, fut-il articulé d'une voix sèche.

– Vous êtes également membre du Conseil...

– Effectivement. Les syllabes furent détachées avec une certaine insolence.

– ...et vous étiez un ami personnel de la présidente, continua sans se démonter Jean-Pierre Foucheroux, dont la marraine était marquise.

Mais, à cet instant, une dame en manteau bleu marine et aux cheveux tirés en un élégant chignon intervint d'une voix qui trahissait naissance, culture ou leçons de diction :

– Édouard, mon cher, nous partons...

– Tout de suite, Marie-Hélène. Il fit une légère pause avant d'ajouter : on m'attend, commissaire. Si vous voulez bien m'excuser...

– Mais volontiers, pour le moment, répondit sans l'ombre d'une hésitation Jean-Pierre Foucheroux. Et, sur un ton plus formel : où puis-je vous joindre demain matin ?

– Mais... à la Moisanderie, je suppose.

Et, sur ces paroles quelque peu cavalières, il tourna

les talons avec le geste impatienté de celui qui veut éviter le contact avec un irritant insecte. Jean-Pierre Foucheroux ne put s'empêcher de sourire avec une certaine indulgence. Il connaissait le type.

*

Gisèle Dambert s'était réfugiée dans la petite salle adjacente, en se demandant comment se dérober définitivement aux regards du professeur Rainsford et aux conseils de Ray Taylor. Depuis qu'André Larivière lui avait fait savoir qu'Émilienne avait laissé le sac de voyage qu'elle lui avait confié au Café de la Gare, elle n'avait qu'une hâte : le récupérer. Elle se rendait compte, maintenant, de son extrême imprudence, mais, sur le moment, elle ne s'était pas méfiée puisqu'elle avait gardé la clé. Elle se sentait de plus en plus mal à l'aise et espérait pouvoir filer à l'anglaise dans les meilleurs délais. Mais il ne fallait pas éveiller les soupçons par une impatience trop apparente, il ne fallait pas que quiconque se doute de ce qui se trouvait dissimulé à l'intérieur du sac.

*

Bernard Tournadre proposa à Jean-Pierre Foucheroux de dîner avec lui mais ce dernier déclina l'offre, prétextant qu'il devait interroger deux personnes au Vieux-Moulin dans la soirée et qu'il attendait l'arrivée de son inspecteur.

— Laissez-moi au moins vous reconduire en voiture, insista l'adjudant.

— C'est fort aimable à vous mais, si cela ne vous dérange pas, je préférerais garder le chauffeur que vous avez déjà

95

mis à ma disposition car je voudrais d'abord poser une question à Gisèle Dambert.

— Ah! c'est à propos du « hier au soir », je suppose, devina l'adjudant-chef.

Jean-Pierre Foucheroux rendit intérieurement hommage à la perspicacité de son collègue et confirma :

— Oui. Combien de personnes, à votre avis, savent que Mme Bertrand-Verdon est morte hier au soir?

— À part nous et l'assassin? Ah! des indiscrétions sont toujours commises. C'est un petit pays...

— Tout de même, je crois que ça vaut la peine de suivre la piste.

Tournadre lui lança un regard perplexe et admit :

— C'est une personne étrange, Mlle Dambert. Sérieuse, réservée. Émilienne, la femme de ménage qui a trouvé le corps, ne l'aimait pas beaucoup au début. Elle la trouvait...

À ce moment-là, ils aperçurent tous les deux Gisèle qui essayait de se faufiler discrètement vers la sortie, mais sa haute taille et sa coiffure sophistiquée attiraient l'attention. Elle fut d'abord arrêtée par Philippe Desforge, qui lui parla avec une certaine urgence, semblait-il, puis tandis qu'elle acquiesçait à ses propos, le professeur Verdaillan s'avança vers eux et dit d'une voix de stentor :

— Alors, mademoiselle Dambert, et cette thèse, où en est-on?

Ce fut par charité, pour la tirer d'embarras, que Jean-Pierre Foucheroux se dirigea à grandes enjambées vers le petit groupe. Aussi fut-il étonné par le mouvement de recul que provoquèrent chez elle ces simples paroles :

— Puis-je vous voir un instant?

— Je suis désolée... je n'ai pas fini, répondit-elle avec une grande froideur. S'il vous était possible d'attendre...

Jean-Pierre Foucheroux l'observa avec attention. Elle était blême sous son maquillage et faisait un immense effort pour contrôler ses émotions. Gisèle Dambert était au bord de l'effondrement. Il décida de ne pas la pousser davantage, de ne pas profiter de cette faiblesse évidente qui embrumait ses yeux et faisait trembler ses mains non gantées.

— Voyons-nous demain matin, proposa-t-il d'une voix rassurante. Vous serez au Vieux-Moulin, n'est-ce pas ? Vers huit heures, si ce n'est pas trop tôt.

— Huit heures, répéta-t-elle, visiblement soulagée d'avoir échappé dans l'immédiat à un interrogatoire. Et à l'adresse du professeur Verdaillan, qui n'avait pas perdu une bribe du dialogue, elle ajouta :

— Si vous pouviez m'accorder un rendez-vous...

— Mais bien sûr... Venez donc me voir quand vous en aurez fini avec le commissaire, suggéra-t-il d'un ton léger.

Gisèle fit oui de la tête et marcha droit vers la sortie, insensible aux regards inquisiteurs et aux murmures autour d'elle. Une fois dehors, elle eut l'impression de pouvoir à nouveau respirer. Il faisait nuit maintenant, et la température avait baissé considérablement. Des voitures encombraient l'avenue, jusqu'à la place de l'église. Gisèle prit la route la plus directe, sans regarder les fenêtres éclairées des maisons basses, à l'intérieur desquelles la vie quotidienne des autres se déroulait dans la plus routinière des tranquillités.

Construit en cercles concentriques à partir de l'église, le village était tout entier contenu entre la voie ferrée et la rivière, tassé sur lui-même, chaque maison protégeant sa voisine depuis des générations. Des ruines médiévales avaient été entourées par des constructions plus tardives, elles-mêmes encerclées par le développement du quartier neuf. Gisèle prit une ruelle qui coupait en droit fil les couches successives. Des fragments de texte flottaient dans son esprit : « *on dirait de grandes fentes qui coupent si bien la ville en quartiers qu'elle est comme une brioche dont les morceaux tiennent ensemble mais sont déjà découpés* ». Elle évita l'avenue de la Gare et arriva directement derrière le Café, trop préoccupée pour remarquer l'ombre silencieuse qui l'avait suivie depuis le lycée, avait modelé le rythme de sa marche sur ses pas et qui se blottit dans l'encoignure de la porte d'une maison vide au moment où Gisèle franchissait le seuil de l'Hôtel de Guermantes.

C'était, en réalité, un bistrot de campagne, aux rideaux à carreaux rouges et blancs, qui avait fait d'une ancienne salle à manger privée une salle de restaurant attenant au bar. Le menu était sans surprise mais les ingrédients de bonne qualité et les prix fort raisonnables. Gisèle n'avait nul appétit. Elle alla directement au comptoir devant lequel plusieurs personnes prenaient l'apéritif et demanda timidement à la serveuse si elle pouvait reprendre le sac qui avait été déposé le matin par Émilienne. La jeune fille rousse lui lança un regard peu amène. Elle n'aimait pas les Parisiennes et celle-là avec son écharpe drapée sur ses épaules, ses boucles d'oreilles extravagantes et cette coiffure qui sortait d'un magazine en était une.

– Quel sac ? demanda-t-elle d'un ton sec.

– Un sac de voyage en cuir marron, décrivit Gisèle, avec une fermeture Éclair et une serrure de sécurité.

– J'ai pris mon service à cinq heures. Pas vu de sac,

dit la serveuse avec une certaine satisfaction. Vous buvez quelque chose?

– Un thé, je vous prie, répondit Gisèle, prise de court.

– Lait? Citron?

Les mots furent prononcés avec une petite moue d'exaspération.

– Nature. Mais est-ce qu'il vous serait possible de vérifier... pour le sac?

La serveuse s'affairait derrière le comptoir et posait avec plus de force que nécessaire une tasse sur une soucoupe. À la grande consternation de Gisèle, elle mit un sachet de thé directement dans la tasse qu'elle emplit ensuite d'eau chaude.

– Douze francs, jeta-t-elle en posant devant Gisèle le breuvage sur lequel flottait une écume blanchâtre qui lui retourna l'estomac.

– Est-ce que vous voudriez demander, pour le sac... insista-t-elle.

Elle dut attendre plusieurs minutes. Deux habitués venaient de s'accouder au bar et la serveuse, tout sourire, s'empressa de les servir et de leur faire la conversation. La fumée de leurs cigarettes, dont Gisèle détestait l'odeur, formait des volutes bleuâtres qui lui piquaient les yeux. Enfin parut une maîtresse femme qui était visiblement la patronne et qui s'adressa à elle sur un ton agressif:

– On me dit que vous prétendez avoir laissé un sac...

La colère s'empara alors de Gisèle; oubliant momentanément sa timidité et la situation humiliante qui était la sienne, elle répondit du tac au tac:

– Je ne prétends pas, madame. Émilienne Robichoux, que vous connaissez sûrement, a confié mon sac de voyage à votre garde ce matin.

– Mais nous ne sommes pas la consigne, mademoiselle. Si quelqu'un a accepté de garder votre sac, c'était pour rendre service, et autant que je sache... Elle s'interrompit brusquement. À quelle heure dites-vous que ce sac a été laissé?

— Vers une heure, répondit Gisèle.

— Ah! mais alors ce n'était pas ce matin, c'était cet après-midi, remarqua la patronne, ravie d'avoir trouvé un biais pour mettre Gisèle dans son tort. C'était l'heure du déjeuner, nous étions débordés. Attendez un instant.

L'instant dura un quart d'heure. Le thé refroidit sans que Gisèle ait le cœur d'y tremper les lèvres. La patronne reparut, pantoise, les mains vides, annonçant d'un air penaud :

— Mon mari me dit qu'il se souvient vaguement qu'Albert, un de nos extras, a accepté de garder un sac pour quelqu'un. Mais il n'a aucune idée d'où il l'a mis. On ne le trouve nulle part. Et Albert habite à Lamousse. Ce n'est pas derrière la maison.

— Il n'a pas le téléphone? tenta Gisèle en désespoir de cause.

La patronne réprima un haussement d'épaules et, devant le visage défait de Gisèle, se radoucit et lui expliqua :

— Dieu sait où est Albert à l'heure qu'il est. Mais il va sûrement passer demain dans la matinée. Si vous pouvez revenir... Une autre pensée lui fit soudain froncer les sourcils : il n'y avait rien de valeur, au moins, dans ce sac?

— Oh! non... des... papiers, balbutia Gisèle. Et, glissant du tabouret, elle ajouta d'une voix blanche : je reviendrai demain... Je vous remercie...

Avant que la patronne ait eu le temps de lui demander où la joindre pour le cas improbable où Albert se manifesterait avant le lendemain matin, la jeune femme avait disparu. « Que d'histoires, pour des papiers », grommela-t-elle. À peine l'enquiquineuse était-elle sortie qu'un homme distingué prit sa place au bar, commanda un kir et engagea avec elle une conversation si flatteuse pour ses talents de restauratrice et si compréhensive à l'égard des tribulations du petit commerce qu'elle en vint à lui raconter dans les moindres détails sa mésaventure avec la cliente précédente.

XI

L'inspecteur Djemani essayait de prendre son mal en patience en écoutant son groupe de blues préféré et tapotait doucement sur le volant de la *Renault 21*. Un accident avait créé un bouchon de plusieurs kilomètres sur l'autoroute du Sud, à l'embranchement des directions Orléans et Chartres, et il était impossible de savoir combien de temps s'écoulerait avant que la circulation ne retrouve un minimum de fluidité. Les accidents de la route étaient toujours suivis de séquelles graves auxquelles le grand public n'était pas sensibilisé : augmentation des malaises cardio-vasculaires, recrudescence de la violence domestique et bien entendu mini-collisions dues à la curiosité malsaine des autres automobilistes, qui ralentissaient ou s'arrêtaient carrément « pour voir », fascinés par les lumières rougeoyantes des ambulances et les hurlements aigus des sirènes.

En tant que stagiaire, l'inspecteur Djemani avait travaillé dans différents services. Et les accidents de la route étaient parmi ses plus mauvais souvenirs. Pour une raison qui lui échappait, l'horreur de la mort accidentelle était résumée pour elle par un ours en peluche bleu dont la tête avait été violemment séparée du corps au cours du heurt d'une voiture avec un camion, à plus de cent vingt kilomètres à l'heure, sur une autoroute de la banlieue parisienne. Aucun des cinq occupants de la voiture encastrée sous le châssis du camion n'avait été immédiatement identifiable. Le chauffeur du poids lourd, hébété, le bras cassé, le sang coulant d'une blessure au front, avait crié que ce n'était pas sa faute. Et ça ne l'était pas. Le père de famille qui conduisait la voiture avait trop bu ce jour-là, comme sans doute bien d'autres, et avait soudain perdu le contrôle de son véhicule – cinq vies brisées net en une fraction de seconde d'inattention. Leila refusa de se laisser démoraliser davantage par l'image de l'ours en peluche. Mais elle avait du mal à comprendre les abus – d'alcool, de tabac, de vitesse, de pouvoir... Pour elle, tout abus qui risquait de faire perdre à l'individu le contrôle de son existence était mille fois plus dangereux que la profession qu'elle avait choisie. Elle avait passé toute son enfance à tenter de mettre de l'ordre dans le chaos qui l'entourait – déménagements répétés, cris de ses frères et sœurs, absences inexpliquées de son père, lamentations de sa mère...

Au milieu de dangereuses vapeurs d'essence, la file dans laquelle sa voiture était coincée avançait à une allure d'escargot. À ce train elle n'arriverait pas à destination avant minuit et elle avait un certain nombre de questions à discuter avec son supérieur hiérarchique, à qui elle apportait, grâce aux merveilles de la technologie, un dossier complet sur la victime, Adeline Bertrand-Verdon. N'était-ce point miraculeux qu'en effleurant quelques touches sur un clavier toute la vie d'un individu sorte, imprimée noir sur blanc, parfaitement linéaire, contenue entre deux dates? Comment donc faisait-on avant? se demanda-t-elle. Elle était trop jeune pour le savoir mais pas assez pour ne pas se poser la question. Parce qu'elle avait eu la chance, en quatrième, d'être dans la classe de Mlle Charpentier, elle avait bénéficié du programme pilote d'un des meilleurs lycées parisiens. Elle avait eu, avec un an d'avance, son baccalauréat avec mention et passé en un temps record une licence en droit tout en travaillant à mi-temps, en tant que serveuse, dactylo, coursière, gardienne d'enfants, danseuse... La « bicotte », comme l'avaient appelée méchamment ses camarades de classe, à cause de son teint, de ses cheveux et de ses yeux noirs, avait ensuite réussi le concours d'entrée dans la police et affronté, parce qu'elle était femme cette fois, de nouvelles formes, plus subtiles, de discrimination. Dans les pires moments, elle se mettait mentalement en exergue les mots que son professeur d'histoire lui avait cités, un soir d'automne où elle était en larmes après la classe : « C'est Eleonor Roosevelt, Leila, qui a dit en substance que les insultes dégradent plus ceux qui les profèrent que celles à qui elles sont adressées. » Elle écrivait tous les Noëls à Mlle Charpentier, qui lui avait appris que pour certains hommes, tout est prétexte à s'entre-tuer, un nom, quelques grammes de drogue, le désespoir. « Vous avez tout pour vous, Leila. Vous avez deux bras, deux jambes, une tête bien faite dont il ne dépend que de vous qu'elle soit bien pleine. Vous pouvez tout faire, tout devenir... » Mais à quel prix, à quel prix...

Leila laissa sur sa droite les grands ensembles de la banlieue sud et parvint à se faufiler sur une bretelle qui l'amènerait sur de petites routes parallèles. Tout était préférable à cet engorgement... Les grands immeubles éclairés par endroits se dressaient comme des barrières fantomatiques. Rien ne se ressemblait plus, dans le noir, que ces masses parallélépipédiques. Mais entre le confort relatif des banlieues aisées et la misère des plus défavorisées, il y avait des mondes. Leila se souvint brusquement de la nuit déchirée par le bruit des voitures de police qui venaient annoncer la mort de son père, des immeubles voisins qui s'étaient soudain illuminés et des enfants, dont elle était, tirés du lit, incapables de comprendre le malheur qui les frappait. De l'indicible horreur de cette nuit, il lui était resté l'image de la grande femme blonde anonyme dans son uniforme bleu, qui s'était penchée vers elle, qui lui avait parlé, qui lui avait donné à boire, qui l'avait consolée. C'est elle seule, finalement, qui était responsable de ce que Leila était devenue : une grande femme brune en uniforme bleu, qui se penchait, qui parlait, qui donnait à boire, qui consolait.

Chassant la montée de ces souvenirs importuns, l'inspecteur Djemani essaya de concentrer ses pensées sur le dossier qu'elle apportait au commissaire Foucheroux.

À la pensée des réactions qu'il allait avoir, un sourire involontaire remonta brièvement le coin de ses lèvres. Elle le pratiquait depuis trois ans et reconnaissait immédiatement son humeur aux inflexions de sa voix, ses doutes quand il remontait le sourcil gauche sans même s'en rendre compte, sa fatigue quand il se frottait le genou. Il la lisait tout aussi bien et le degré de communication non verbale entre eux était si remarquable que peu de suspects résistaient longtemps à leurs efforts conjugués. Ils jouaient aussi beaucoup sur l'effet de surprise que provoquait immanquablement leur équipe : lui, le commissaire divisionnaire à la quarantaine B.C.B.G., poli jusqu'au bout des ongles, elle, son inspecteur – puisque le nom n'avait toujours pas de féminin –, visiblement « étrangère », l'air d'une éternelle adolescente, la haute taille d'un mannequin... Il venait de la bonne bourgeoisie bordelaise, elle était née rue Myrrha, dans le nord de Paris. Il ne supportait que Mozart, Mahler et quelques opéras obscurs. Elle n'écoutait que du jazz et du blues. Il s'habillait dans les boutiques chics des Champs-Élysées, elle achetait ses vêtements au marché aux puces de Clignancourt. Et tout à l'avenant. C'était miracle qu'ils puissent travailler ensemble. Mais non, ce n'était pas un miracle. C'était le résultat d'un coup de maître de leur chef, Charles Vauzelle. À la suite des émeutes de la banlieue nord.

Elle n'oublierait jamais le moment où il lui avait fallu choisir. Une bande de jeunes Maghrébins avait cassé des vitrines pour protester contre l'emprisonnement arbitraire d'un des leurs. Lorsque le service d'ordre était arrivé sur les lieux, il était trop tard : la population était terrorisée, trois voitures brûlaient dans une incandescence de mauvais aloi, des ombres circulaient dans tous les sens en se lançant des ordres contradictoires dans une langue gutturale qu'elle reconnut – la sienne. Elle avait vu le long couteau surgir de la poche du jeune homme, la lame dure et brillante s'avancer dangereusement vers le cou de son collègue en uniforme. Elle avait crié. Elle avait tiré. Le jeune homme était tombé. Elle avait choisi son camp. Elle avait suivi la procédure. Elle avait trahi.

Les menaces qu'elle reçut par la suite la dérangèrent moins que le cauchemar qui la réveilla nuit après nuit. Comme dans un film au ralenti, elle criait, elle tirait, le jeune homme tombait. Le procès retentissant qui s'ensuivit aurait propulsé sa photographie à la première page des journaux si Charles Vauzelle n'était pas intervenu. À l'époque, elle avait perçu la chose comme une mesure disciplinaire. On la rétrogradait. On la mettait comme bonne d'enfant au service d'un commissaire qui avait enfin daigné reprendre ses activités après un long congé maladie. Mais sa rage était liée à autre chose. À la porte définitivement fermée pour elle par les siens, la porte de cette sordide H.L.M. de banlieue où survivaient tant bien que mal sa mère, trois de ses frères et sa plus jeune sœur. Fille bannie, fille vendue, qui avait toujours refusé de porter sur le front le signe bleu de sa race...

Retournant avec difficulté ses pensées vers Adeline Bertrand-Verdon, Leila se demanda pourquoi elle avait rompu tout contact avec sa famille quelques années auparavant. Selon le dossier, son père était un petit employé de banque maintenant à la retraite, sa mère une femme au foyer traditionnelle, un frère était devenu vétérinaire et une sœur assistante sociale. Tout semblait si bien réglé de l'extérieur, dans cette famille française sans histoire, nichée dans un pavillon typique de la grande banlieue. Qu'est-ce donc qu'Adeline avait cru devoir fuir? Elle avait épousé, à vingt ans, un agent d'assurances dont elle avait divorcé quelques mois plus tard. Elle avait repris des études tout en donnant des leçons de chant et commencé le siège de plusieurs vieux messieurs fortunés qui lui permirent de gravir lentement mais sûrement les degrés encombrés de l'échelle sociale au point de prétendre, jusqu'à hier encore, au mariage avec un vicomte...

Les clés de l'énigme se trouvaient toujours, Leila en était persuadée, dans des réactions personnelles aux humiliations subies dans l'enfance. Elles débouchaient souvent sur une révolte contre un milieu, dont le snobisme n'était que la plus déplorable des formes. Vouloir être ailleurs, née autre, comme si toute médiocrité était préférable à la sienne...

Il était rare que Leila se laissât aller à de telles spéculations à partir des quelques données d'un nouveau dossier. Mais le cas Bertrand-Verdon avait remué une vilaine boue, fait resurgir de vieilles peurs, remis en question sa propre histoire, sans qu'elle soit capable de dire vraiment pourquoi. « Pour trouver l'assassin, il faut d'abord comprendre la victime », lui avait répété Jean-Pierre Foucheroux. Or, cette femme qui semblait n'avoir aucun ami mais un grand nombre de relations, qui paraissait avoir réussi aux yeux du monde mais que les siens ne pleureraient pas, qui voulait désespérément se faire accepter dans des sphères dont les hasards de la naissance l'avaient au départ exclue, elle ne la comprenait que trop bien. La fuite, quelle qu'elle soit, reste la fuite et le refus obstiné de l'exclusion, le motif de bien des conduites agressives. Pour être du cercle magique, du clan interdit, du bon côté, Adeline Bertrand-Verdon n'avait hésité sur aucune transgression. Et au moment où elle allait atteindre son but... Leila soupira. « Nous avons tous nos Guermantes », lui avait dit un jour Jean-Pierre Foucheroux, citant, par jeu, la littéraire de sa famille, sans savoir qu'ils seraient un jour impliqués dans le meurtre de la présidente de la Proust Association. Ses Guermantes à lui, c'était sa belle-famille. Et ses Guermantes à elle, c'était lui. À la différence qu'elle ne chercherait jamais à forcer sa porte, qu'elle avait établi une cloison étanche entre leurs mondes et qu'elle était à l'aise dans le mince espace qu'elle s'était créé, entre le lieu d'où elle venait et celui où elle n'irait jamais. Elle avait une chambre à elle, située tout autant dans son imaginaire que dans le minuscule appartement qu'elle louait près de la gare de Lyon.

*

Le commissaire Foucheroux n'était pas dans la meilleure des dispositions après s'être entretenu avec trois personnes, dont aucune, il en était sûr, ne lui avait dit la vérité. Il regarda avec perplexité les pages de son carnet recouvertes de dates, de noms de lieux et d'abréviations que lui seul pouvait comprendre – à l'exception peut-être de l'inspecteur Djemani – et se demanda quand, dissimulé dans l'enchevêtrement des signes, un sens se dégagerait et le mettrait sur la voie.

Son retour à l'auberge du Vieux-Moulin lui avait attiré le regard anxieux des propriétaires, qui pensaient visiblement que ça faisait mauvais effet d'avoir une voiture de police garée en permanence dans la cour de leur « charmant relais de campagne ». Il avait trouvé le dîner qu'on lui avait servi dans sa chambre fort médiocre et complètement froid. Était-ce pour le dissuader d'y établir ses quartiers plus longtemps que nécessaire ? En tout cas, il avait dû avaler une bouteille entière d'eau de Badoit pour chasser le mauvais goût d'une sauce dite forestière et avait la digestion difficile.

Il venait de remettre une bûche dans la cheminée où crépitaient joyeusement des bouts de saules, de pins et de peupliers, quand Patrick Lester Rainsford frappa à la porte et entra de l'air conquérant de l'Américain qui a vérifié que le dollar est à la hausse et ne doute pas un instant du soutien inconditionnel de son ambassade. Il jeta sur le petit salon transformé en salle d'interrogatoire un regard circulaire qui en disait long sur ce

109

qu'il pensait des méthodes et des lieux d'investigation de la police française, agita, sans un mot, le message qui lui avait été transmis et attendit, d'un air faussement décontracté, qu'on le priât de s'asseoir. Ce que fit tout de suite Jean-Pierre Foucheroux pour s'entendre répondre :

– Non merci. Je préfère rester debout. Je suppose que nous n'en aurons pas pour longtemps, détective.

Et Patrick Rainsford vint nonchalamment s'appuyer contre le chambranle de la cheminée.

– Commissaire, rectifia Jean-Pierre Foucheroux, se demandant si l'anglicisme était ou non voulu. Vous me permettrez de m'asseoir pour prendre quelques notes.

Il choisit un fauteuil confortable, en face d'un autre dont il était séparé par une petite table et qui se trouvait juste assez loin de son interlocuteur pour que ce dernier soit obligé de hausser légèrement la voix pour répondre aux questions qui lui seraient posées. Cette tactique avait plusieurs avantages, dont celui de forcer l'autre à se déplacer, et le commissaire Foucheroux décida de ne pas tergiverser.

– Vous me voyez désolé de devoir vous importuner mais nous essayons de reconstituer l'emploi du temps de Mme Bertrand-Verdon et d'après divers témoins – il tourna trois pages de son carnet – vous semblez être parmi les dernières personnes qui l'aient vue hier au soir, monsieur Rainsford. Pouvez-vous me dire quand exactement vous l'avez quittée ?

Un petit mouvement des paupières dissimula briè-vement le clair regard de Patrick Rainsford et signala au commissaire qu'un mensonge se préparait à franchir ses lèvres joliment ourlées.

– Mais ici, dans la salle à manger. Il y avait un dîner

pour les membres du Conseil de la Proust Association et j'avais été invité à me joindre à eux.

Jean-Pierre Foucheroux admira l'habileté avec laquelle la phrase avait été tournée mais il ne fut nullement dupe des évasions rhétoriques et insista :

— Et à quelle heure le dîner s'est-il terminé?

— Oh, un peu avant dix heures. Vingt-deux heures comme vous diriez...

— Tout à fait. Et comment avez-vous laissé Mme Bertrand-Verdon? dit le commissaire sur le ton de l'instituteur récompensant oralement la bonne réponse d'un élève médiocre.

— Comment? Que voulez-vous dire? s'enquit, un peu froissé, le professeur Rainsford, qui n'était pas habitué à être traité de la sorte.

— En quels termes, dans quel état d'esprit? précisa le commissaire tout en se disant que cet étranger comprenait le sens des nuances mieux que bien des Français qu'il avait interrogés.

— Mais je l'ai remerciée de son aimable invitation, je lui ai dit bonsoir et j'ai regagné ma chambre. Je suis encore sous l'effet du décalage horaire, crut-il prudent d'ajouter.

— Je vois. Et que vous a-t-elle dit?

— Elle m'a souhaité bonne nuit et a affirmé que la journée du lendemain promettait d'être intéressante.

Était-ce une illusion? Le professeur Rainsford semblait nettement moins à l'aise. Une certaine tension émanait maintenant de sa personne. Une impatience mal contenue se manifestait dans sa voix.

— Et elle vous a paru...

— Normale, commissaire, normale, dans la mesure où je peux porter un jugement quelconque sur une personne

111

que je n'avais rencontrée que deux ou trois fois socialement. Vous comprendrez, dans ces conditions, qu'il me soit impossible de gloser longuement sur son état d'esprit. L'irritation était maintenant perceptible dans le ton involontairement plus acerbe. Je l'ai laissée en compagnie des membres du Conseil. C'est eux que vous devriez interroger.

— Mais telle est bien mon intention, monsieur Rainsford. Cependant, pour en revenir à hier soir, vous déclarez donc avoir vu Mme Bertrand-Verdon pour la dernière fois un peu avant vingt-deux heures, dans la salle à manger de l'auberge avec Messieurs Verdaillan, Desforge et de Chareilles.

Patrick Rainsford fit un bref oui de la tête et se croisa les bras sur la poitrine comme pour se protéger de coups imaginaires.

— Et enfin, avant ce dîner, quelles étaient vos relations avec Mme Bertrand-Verdon?

— Mais toutes professionnelles, monsieur le commissaire, rétorqua vivement Patrick Rainsford. Je l'avais rencontrée il y a deux ou trois ans à Washington. Quand elle a su que j'étais à Paris la semaine dernière et que j'assisterais au colloque de la Proust Association, elle m'a invité chez elle à un thé musical, avec une vingtaine d'autres personnes. Et je l'ai revue hier soir, ici, au dîner. Nos « relations », comme vous dites, s'arrêtent là.

La véhémence avec laquelle Patrick Rainsford se défendait de « connaître » la victime n'était-elle pas un peu forcée? Un vers d'*Othello* traversa l'esprit de Jean-Pierre Foucheroux. « *Methinks thou doth protest too much.* » Mais il est vrai que nul ne semblait vouloir admettre « avoir connu » Adeline Bertrand-Verdon, se dit Jean-Pierre Foucheroux, qui lança un ultime coup de sonde :

— Et vos raisons pour assister à ce colloque...

— Écoutez, commissaire, je crois avoir fait preuve de beaucoup de patience mais je ne vois pas en quoi je peux vous être davantage utile, interrompit Patrick Rainsford. Je vous avoue que je me sens un peu fatigué et souhaite me retirer pour la nuit.

— Ah! les effets du décalage horaire, murmura Jean-Pierre Foucheroux. Nous pourrons certainement reprendre demain. Mais avant de vous libérer, pouvez-vous me dire si vous avez vu qui que ce soit d'autre, après Mme Bertrand-Verdon, hier au soir?

Le professeur Rainsford hésita une seconde, se passa la main dans les cheveux et répondit :

— Non, personne. Comme je vous l'ai déjà dit, je suis allé directement à ma chambre. Ce que j'aimerais faire maintenant, avec votre permission...

« Il va me menacer d'un avocat et d'un avocat américain qui plus est », pensa Jean-Pierre Foucheroux. Il estima plus sage de prendre un ton conciliant.

— Mais bien entendu. Je vous remercie de votre coopération. Peu de témoins sont aussi sensibles aux détails et aux nuances que vous, je dois dire... La pratique de l'analyse littéraire, sans doute.

Il n'avait mis aucune ironie dans cette dernière remarque, aussi fut-il considérablement surpris par la réaction du professeur américain.

— Mon domaine n'est pas l'analyse littéraire mais la théorie critique, commissaire, jeta-t-il, furieux, en se dirigeant vers la porte. Et comme j'ai justement un article à finir pour la fin du mois, je n'ai guère de temps à perdre, privé que je suis des services de mon secrétariat...

Il avait la main sur le loquet de la porte lorsque, se ravisant, il se retourna vers Jean-Pierre Foucheroux qui s'était levé et lui dit d'un ton caustique :

— Oh! ça me revient maintenant. Hier soir, dans l'escalier, en montant à ma chambre, j'ai aperçu la secrétaire de Mme Bertrand-Verdon.

— Gisèle Dambert? demanda pour confirmation le commissaire.

— Elle n'en avait pas d'autre autant que je sache. Et elle sortait de sa chambre.

Et sur cette flèche du Parthe, le professeur Rainsford s'était éclipsé, laissant le commissaire Foucheroux dérouté par le tour inattendu qu'avait pris leur conversation.

XII

En sortant du Café de la Gare, Gisèle Dambert n'avait pas trouvé l'énergie d'aller plus loin que le banc qui l'avait accueillie le matin même, avec Émilienne. Elle s'y affala. Le décor avait bien changé. Des ténèbres ouatées avaient remplacé la blessante lumière hivernale. Devant elle brillait faiblement le lumignon suspendu au-dessus de l'entrée de la petite gare. Derrière elle s'étendait l'obscurité confuse de l'avenue de la Gare, que trouait à intervalles réguliers la clarté artificielle des lampadaires municipaux. Aux carrés éclairés des fenêtres de l'hôtel-restaurant faisait face une maison vide, noire, dont la silhouette biscornue se dressait, menaçante, au milieu d'un jardin, au fond duquel on devinait une remise en ruines.

Gisèle avait l'impression d'être prise dans un piège inexorable. Elle frissonna, partagée entre la nécessité de retourner à l'auberge du Vieux-Moulin et le désir de rentrer à Paris, chez elle, pour se reprendre. Elle se demanda si Katicha lui pardonnerait une seconde nuit d'absence. Il avait ses façons à lui – généralement malodorantes – de manifester sa désapprobation... Son état d'épuisement physique et mental avait un effet anes-

115

thésiant sur ses sens. Elle n'avait même pas froid. Une idée fixe l'obsédait : remettre la main sur les cahiers perdus et pour cela, il fallait qu'elle récupère son sac. Seul un serveur occasionnel savait où il était. Et nul ne savait où était le serveur en question. Elle ne voulait même pas penser aux autres hypothèses. Elle se calma à la pensée qu'il lui suffisait d'attendre l'apparition d'« Albert » et qu'alors tout rentrerait dans l'ordre. Elle songea sérieusement à passer la nuit sur ce banc pour ne pas le manquer.

« Ces cahiers sont maudits », se dit-elle. Ils avaient déjà coûté plusieurs vies. Elle se rappela avec amertume la pure joie éprouvée lors de leur découverte fortuite et la gratitude qu'elle avait ressentie envers Évelyne qui, d'outre-tombe, lui offrait un nouveau départ et la pressait ainsi de se mettre au travail. Gisèle avait déchiffré avec ferveur les pages noircies, recto verso, marges comprises, par l'écriture tortueuse de Marcel Proust. Entre les couvertures de moleskine noire se trouvait la confirmation de ses hypothèses sur les problèmes de transition, la preuve qu'un épisode clé d'*À la recherche du temps perdu* était la transposition d'une aventure personnelle de l'auteur jeune homme et non point un ajout tardif, comme tous les chercheurs l'avaient jusqu'à ce jour supposé. Le jeune aristocrate qui avait servi de modèle unique au personnage de la fugitive Albertine était nommé plusieurs fois en marge et dans des notes de régie. Évelyne avait légué à Gisèle de quoi faire une révolution dans les études proustiennes et le moyen d'assurer son avenir dans la recherche et l'université.

Comme elle avait été naïve d'en parler à Adeline Bertrand-Verdon! Mais comment aurait-elle pu soupçonner le degré de duplicité et la bassesse foncière de la présidente de la Proust Association? Elle ne se souvenait que trop bien de leur première conversation sur le sujet. Adeline lui avait demandé, désinvolte, entre deux ingrates tâches administratives :

— Alors Gisèle, cette thèse, ça avance?

— Oui, mais l'avant-dernier cahier de 1905 me donne du mal, avait-elle répondu, oubliant d'être sur ses gardes.

Adeline avait relevé brusquement sa tête penchée vers les papiers entassés sur son bureau et avait répété avec une lenteur inquiétante :

— L'avant-dernier cahier de 1905... Mais il n'est pas à la Nationale...

— Euh! non, je le consulte chez moi à titre privé.

Gisèle avait espéré avoir suffisamment battu en retraite mais elle ne connaissait pas encore bien Adeline, qui eut sa moue d'enfant gâtée, persista, cajola, laissa entendre qu'elle pouvait aider dans de multiples cas de lecture conjecturale et n'eut de cesse que de voir l'objet, que Gisèle lui apporta un froid matin de mars. Elle aurait dû savoir, alors, comment les choses allaient tourner en voyant l'expression de calcul et d'envie qui brisa un instant le masque d'impassibilité que s'efforçait de maintenir sa patronne.

— Oui, effectivement, à première vue, ça pourrait avoir été écrit par Marcel Proust, dit Adeline d'un ton mesuré. Mais il y a tellement de faux... Il faudrait consulter un expert. Où avez-vous trouvé ça, Gisèle? Vous en avez parlé autour de vous?

— J'avais l'intention de prévenir mon directeur de thèse, le professeur Verdaillan, mais il est en voyage et je n'ai pu obtenir de rendez-vous.

— C'est tout aussi bien, mon petit, reprit Adeline en se tapotant le menton du bout d'un ongle verni et pointu.

117

Guillaume est bien gentil mais il a ses idées à lui, vous savez. D'un autre côté, quelqu'un comme Philippe, de chez Martin-Dubois, pourrait nous donner un coup de main pour une publication éventuelle. Il suffit que je lui parle...

— Je préférerais d'abord soutenir ma thèse, avança faiblement Gisèle, dépassée par la tournure que prenaient les événements.

— Mais voyons, ma petite fille, tout le monde en soutient, des thèses, dit Adeline, qui avait inscrit successivement trois sujets sans jamais réussir à dépasser la deuxième page des introductions. En revanche, peu de personnes ont le privilège de pouvoir publier un document inédit, ajouta-t-elle avec le ton qu'on prend pour gronder un enfant frondeur. Laissez-moi voir ce que je peux faire. Et elle avait saisi le précieux cahier et disparu sans laisser à Gisèle le temps de protester.

Ce matin-là marqua, indéniablement, le début de relations différentes entre les deux femmes. Adeline soumit Gisèle au traitement de la douche écossaise, lui parlant tantôt comme à une amie, tantôt comme à une domestique, sans que Gisèle puisse comprendre de quoi dépendait son humeur. Jusqu'à la soirée du vol consenti. Début septembre, Gisèle avait annoncé avec un peu d'appréhension à Adeline qu'elle avait terminé son travail et comptait tout donner au professeur Verdaillan, en lui demandant de fixer une date pour sa soutenance. Contrairement à ce qu'elle craignait, Adeline ne railla nullement, la félicita et lui demanda simplement de lui montrer « les autres cahiers ».

Gisèle hésita juste assez pour qu'Adeline sache qu'elle avait visé juste.

— Je pourrais aussi relire votre manuscrit avant que

118

vous ne le donniez à votre directeur, proposa-t-elle avec amabilité. Comme vous le savez, j'ai l'œil pour les coquilles. Tenez, laissez-moi donc vous raccompagner chez vous ce soir...

Ce fut la première et dernière fois qu'Adeline Bertrand-Verdon pénétra rue des Plantes. Katicha eut une réaction si violente, poils hérissés, yeux fous et sinistres sifflements, que Gisèle dut l'enfermer dans sa chambre pendant toute la durée de la visite.

— Vous avez des meubles charmants, commenta Adeline. Ils seraient mieux à leur avantage dans un espace plus grand, bien sûr. Ils vous viennent de famille?

— Pas exactement. D'une vieille amie.

— Je vois, dit Adeline. Et c'est cette vieille amie qui vous a mise sur la piste des cahiers, je parie, murmura-t-elle comme pour elle-même.

— Évelyne connaissait Céleste, répondit brièvement Gisèle.

— Évelyne?

— Évelyne Delcourt. Elle... elle a disparu l'année dernière.

Jailli des syllabes aimées du nom, le souvenir du visage poudré, des yeux bleu pervenche, du sourire bienveillant de la « grand-mère d'alliance » noua un instant la gorge de Gisèle et lui embua les yeux.

— Évelyne d'Elcourt. Ce nom me dit quelque chose, reprit Adeline, sans remarquer son émotion. Elle n'était pas de la branche d'Elcourt de Courbois, par hasard?

— Je ne pense pas, dit doucement Gisèle. Elle était professeur de piano.

— Ah! fit Adeline, se désintéressant tout d'un coup de cette personne sans titre. Alors, c'est donc ici que vous travaillez. Montrez-moi tout, Gisèle.

Et Gisèle avait sottement ouvert le secrétaire, sorti les quinze cahiers, laissé voir à Adeline ses six cents pages de thèse soigneusement dactylographiées. Avec un petit claquement de langue, le regard brillant, cette dernière s'était confortablement installée sur le sofa.

— Vous avez des doubles?

— Pas des originaux, bien sûr, mais de ma thèse, oui, j'ai tout sur ordinateur...

— Comme c'est sage, Gisèle. Mais d'un autre côté c'est pure folie de garder ces manuscrits ici. Oh! je ne parle même pas d'une effraction possible. Encore que dans ce quartier, si près de la banlieue... Mais rendez-vous compte que le papier peut se détériorer, que l'encre peut s'effacer à cause d'un éclairage trop violent... D'autre part vous avez un chat, et un accident est si vite arrivé! Non, vraiment ce n'est pas prudent de conserver ces cahiers dans ces conditions... Si vous m'en aviez parlé plus tôt, dit-elle d'un ton blessé, je vous aurais immédiatement proposé de les mettre en sécurité dans mon coffre...

Elle vit le petit mouvement de recul instinctif de Gisèle et ajouta avec un sourire candide :

— Vous me faites confiance, n'est-ce pas, Gisèle, tout comme moi je vous fais confiance et n'hésiterais pas un instant à vous donner la combinaison du coffre si vous me laissez prendre soin de ces documents pour vous. Non seulement pour vous mais pour la communauté proustienne. Vous avez là un trésor...

Adeline était partie avec le trésor. Et Gisèle ne l'avait plus revu pendant des semaines. Jusqu'à hier soir.

*

120

Immobile sur le banc que la lumière électrique rendait gris, Gisèle se sentait de moins en moins capable d'affronter un nouvel entretien avec le commissaire Foucheroux. Elle avait besoin de rentrer chez elle, d'enlever tout ce maquillage, de défaire cette coiffure ridicule, de se laver, de se changer et de dormir dans son lit avec Katicha roulé en boule à ses pieds. Elle prit soudain la décision d'aller se poster à la sortie du village et de faire en auto-stop les vingt-cinq kilomètres qui la séparaient de la gare de Chartres. Ensuite, elle attraperait le premier train pour Paris, un métro et demain... demain, elle verrait. Elle pourrait téléphoner à l'auberge du Vieux-Moulin et au Café de la Gare, revenir... Mais pour le moment il était essentiel d'aller trouver refuge là où elle avait survécu à tout — la mort d'Évelyne, l'abandon de Selim, la tentation du suicide —, chez elle, entre les murs blancs de la rue des Plantes. D'un pas engourdi par la longue immobilisation, elle marcha jusqu'au croisement où un panneau indicateur pointait sa flèche bleue en direction de Chartres et attendit. Il y avait peu de circulation à cette heure tardive. Un poids lourd passa à vive allure, suivi dix minutes plus tard de deux voitures aux phares aveuglants, pleines de jeunes gens qui allaient faire la fête. Les conducteurs ignorèrent son pouce levé. Glacée, elle se mit à marcher et avait fait deux kilomètres dans le silence et le noir les plus absolus quand une camionnette la dépassa avec un grand coup de Klaxon ironique, croisant une *Renault* qui venait en sens inverse. À la grande surprise de Gisèle, la voiture freina, s'arrêta dans un crissement de pneus, une portière s'ouvrit et une grande femme brune l'interpella :

— Vous ne croyez pas que c'est légèrement imprudent

pour une femme seule de faire de l'auto-stop, sur une route de campagne, en hiver, à onze heures du soir?

Sous l'irritation, il y avait de la sollicitude – la même sollicitude, se dit Gisèle, que celle qui avait empreint la voix de Jean-Pierre Foucheroux.

– Légèrement imprudent, répéta-t-elle, oui, légèrement imprudent. À bout de nerfs, elle éclata de rire et aussitôt après se mit à sangloter.

L'inconnue était près d'elle. Elle dégageait une odeur rassurante de savon au tilleul et de saine chaleur. Elle lui tapota gentiment l'épaule en disant :

– Montez donc dans ma voiture. J'ai du café dans un Thermos.

Gisèle se laissa faire et avala passivement le liquide brûlant tandis que la jeune femme lui demandait avec douceur :

– Où vouliez-vous aller?

– À la gare de Chartres, répondit faiblement Gisèle.

– Je suis désolée mais je ne peux pas vous y conduire maintenant. Je suis déjà en retard. N'y a-t-il pas de taxi que vous pourriez prendre?

– Non, je ne peux pas. C'est une longue histoire...

L'autre traduisit immédiatement qu'elle n'avait pas assez d'argent pour le taxi et le train et proposa alors :

– Attendez demain. Je vous assure qu'il est dangereux de faire du stop toute seule, la nuit, croyez-moi... Elle jeta un coup d'œil sur son bracelet-montre et sur la carte routière dépliée à côté d'elle. Écoutez, je vais à l'auberge du Vieux-Moulin, qui doit être à quelques kilomètres. Pourquoi n'y passeriez-vous pas la nuit?

Gisèle prit cette proposition pour un signe du destin et les seuls mots qui lui vinrent à l'esprit furent ceux de César : *Alea jacta est.*

— Vous avez raison. C'est la seule chose à faire. Prenez la première route à droite, si vous voulez bien, c'est un raccourci. Je vous remercie infiniment de vous être arrêtée.

— Dans mon métier, la prévention est une règle d'or et on apprend vite à repérer les personnes en danger, lui fut-il répondu, avec un grand sourire qui illumina le visage étranger.

— Vous êtes médecin? demanda Gisèle.

Et elle aurait pu l'être, cette femme qui avait sans doute le même âge qu'elle. Il y avait une précision dans ses gestes, une sorte de bonté désabusée dans son regard...

— Non, répondit-elle. Je suis inspecteur de police. Et vous?

Du coin de l'œil, elle vit Gisèle changer de couleur, être saisie de tremblements qu'elle ne pouvait pas maîtriser et poser instinctivement la main sur la poignée de la porte, comme pour s'échapper.

XIII

Après la sortie de Patrick Lester Rainsford, Jean-
Pierre Foucheroux était resté seul dans le silence de sa
suite, à attendre le professeur Verdaillan. Son genou lui
faisait mal. C'était un de ces moments où il lui était
aussi inconfortable d'être assis que debout. Il fit ce que
lui avait prescrit dans ces cas-là son chirurgien trois
ans plus tôt : il s'étendit sur le dos de tout son long,
devant la cheminée, en s'efforçant de décontracter ses
muscles le plus possible par le contrôle de sa respiration.
Son regard erra de poutre en poutre; il remarqua qu'un
nœud du bois ressemblait à un œil grand ouvert et que
sur une autre se dessinaient deux bras tendus.

L'odeur du feu de bois mêlée à celle de la cire du
parquet et de l'encaustique des meubles le ramena brusquement au pavillon de campagne où il avait passé sa
première nuit avec Clotilde, dans une autre vie. Et avant
qu'il n'ait eu le temps de dresser ses barrières inté-
rieures, le souvenir de la dernière nuit se substitua sans
prévenir à celui de la première. La chaleur de l'amour
partagé fut remplacée par le froid de la pluie verglacée
qui détrempait avec acharnement, sur une route secondaire, le cadavre rigide de sa femme, gisant à côté de

son propre corps mutilé. Jean-Pierre Foucheroux frissonna. Il avait revécu si souvent cette scène, sans en épuiser l'inépuisable horreur, qu'il savait maintenant endiguer ce qui allait suivre, la succession des « si seulement », l'évocation masochiste du bonheur perdu que rien, jamais, ne pourrait restituer, le misérable sentiment de culpabilité qu'aucune confession ne pourrait jamais alléger.

N'était-ce point ironique qu'il passât le plus clair de son temps à traquer des assassins alors qu'emprisonné dans sa personne vivait, respirait, parlait librement un assassin ? « Un accident de voiture. » Il entendait encore la voix apaisante du psychiatre. « C'était un accident de voiture. » Les accidents arrivent. C'est sans doute ce qu'il fallait accepter. Que les accidents, de par leur nature même, soient accidentels. « Comme parfois, avait dit plus tard le psychiatre, rarement mais parfois, un cigare est un cigare. » Rationalisant ses craintes les plus intimes, Jean-Pierre Foucheroux, immobile par terre, se mit à décliner le verbe *accido*. Il en était à *accidetis* quand trois coups frappés à la porte brisèrent net son exercice. Se relevant aussitôt, reprenant sans transition pied dans la réalité, il alla ouvrir la porte au professeur Verdaillan, qui lui dit sur un ton rempli de fausse importance :

— Pardonnez mes quelques minutes de retard, commissaire, j'étais en conversation avec mon éditeur...

D'un seul regard, le policier évalua le degré réel de nervosité de son visiteur, qui, prié de s'asseoir, s'installa sans hésiter dans le fauteuil le plus confortable, croisa les jambes l'une sur l'autre, sortit un étui à cigarettes de la poche de son veston, et en alluma une en disant :

— Vous permettez ?... Une de mes mauvaises habitudes...

Et un des plus vieux trucs du monde pour dissimuler toutes sortes de sentiments, occupant les mains, permettant les pauses, songea le commissaire, qui avait l'impression d'avoir devant lui la caricature de l'universitaire français à la veille de la retraite. Les épaules voûtées, les lunettes à double foyer, le costume à la limite de l'étriqué, le regard pensif, la pose condescendante, jusqu'au maniement de la cigarette, tout y était.

– Mais faites donc comme il vous plaît. Mme Bertrand-Verdon fumait-elle? entra-t-il en matière.

– Mais... oui, de temps en temps, répondit le professeur Verdaillan, décontenancé par cette première question.

– Vous la connaissiez donc bien, poursuivit Jean-Pierre Foucheroux.

Et comme il s'y attendait, l'autre protesta vigoureusement :

– Mais pas du tout. Nous avions des... intérêts communs, voilà tout. Je suis le spécialiste de Proust, comme vous le savez, et j'enseigne à Paris-xxv. Elle est... hum... était la présidente de la Proust Association. Il était donc inévitable que nos chemins se croisassent.

– Et quand se croisèrent-ils pour la dernière fois? interrogea le commissaire, défavorablement impressionné par l'emploi discutable de l'imparfait du subjonctif.

– Hier soir, au dîner qui a réuni ici même les membres du Conseil. C'est-à-dire Philippe Desforge, M. de Chareilles et moi-même. Il y avait aussi mon jeune collègue américain, le professeur Rainsford. Mais vous devez savoir tout cela puisque vous l'avez interrogé avant moi.

L'autosatisfaction évidente agaça le commissaire, qui décida de montrer une griffe.

— En effet. Et pour l'instant vous confirmez ses dires. Mais dans une enquête policière, ce sont les détails qui comptent, les répétitions, les variations. En ce sens, notre travail ressemble un peu au vôtre. Et c'est pourquoi je dois vous demander de me dire, avec autant de précision que possible, ce que vous avez fait depuis votre arrivée à l'auberge.

Le professeur Verdaillan décroisa les jambes, tira une longue bouffée de sa cigarette, chercha du regard un cendrier qu'il ne trouva pas et décida d'obtempérer.

— Je suis arrivé ici vers dix-huit heures, hier soir, ainsi que le personnel pourra vous le confirmer, commissaire. Mon épouse devait m'accompagner mais une influenza l'en a empêchée. Je suis donc venu de Paris tout seul, en voiture, tout de suite après mon séminaire. Le dîner était prévu pour huit heures et s'est déroulé dans l'atmosphère la plus cordiale. J'ai exposé le sujet de ma conférence, nous avons abordé des questions d'ordres divers concernant le fonctionnement administratif de la Proust Association, parlé de certains collègues, discuté des derniers livres parus sur Proust. C'était une réunion de travail plus qu'autre chose...

— Et comment avez-vous trouvé Mme Bertrand-Verdon ?

— Mais... égale à elle-même, commissaire, égale à elle-même. Efficace, très enjouée. Elle était ravie d'avoir obtenu la collaboration du ministre et la participation de Max Brachet-Léger au colloque. Évidemment, à ce moment-là, nul ne pouvait deviner qu'ils allaient annuler l'un et l'autre.

— Elle ne vous a donc pas paru particulièrement soucieuse, elle n'a fait aucune allusion à un quelconque rendez-vous plus tard dans la soirée ?

Le professeur Verdaillan éprouva alors le besoin irré-
sistible de se lever pour aller jeter sa cigarette aux trois
quarts consumée dans la cheminée.

– Non, dit-il lentement en revenant s'asseoir. Je ne
devais pas la revoir, soupira-t-il. Tôt ce matin, je suis
parti pour Chartres où je voulais vérifier quelque chose
au musée et me concentrer, loin de la foule, en préparation de la conférence que vous avez entendue. Je
n'ai appris qu'en rentrant cet après-midi ce qui était
arrivé.

– Il sera sûrement très facile de vérifier tout cela,
comme vous l'avez suggéré, dit Jean-Pierre Foucheroux
d'un ton neutre. Et levant les yeux de son carnet de
notes, il poursuivit : vous affirmez donc avoir vu Adeline
Bertrand-Verdon hier au soir au dîner de la Proust
Association et l'avoir quittée...

– Vers vingt-deux heures, en compagnie des autres
membres du Conseil et de Patrick Rainsford.

– Vous avez donc été le premier à prendre congé ?

Le professeur Verdaillan eut une légère hésitation
qu'il masqua en allumant une autre cigarette et
confirma :

– Oui. J'avais eu une longue journée et je voulais faire
quelques ultimes retouches au texte de ma communication.

– C'est bien naturel, dit le commissaire Foucheroux
avec bonhomie. Malheureusement, votre témoignage est
en contradiction avec un autre sur un point de détail.
L'un de vous deux a mauvaise mémoire. Je suggère donc
que vous réfléchissiez à tout ce que vous m'avez dit avant
de signer votre déposition officielle demain. Et je vous
remercie de votre coopération.

— Je comptais rentrer à Paris demain matin, dit Guillaume Verdaillan sur un ton belliqueux. Mon épouse...

— Mais rien ne s'y opposera, je suppose, dès que vous en aurez fini avec les formalités, l'interrompit doucement le commissaire. Et si vous pouvez nous laisser vos coordonnées pour le cas où nous aurions besoin d'un complément d'informations.

Et avec un sourire courtois, il reconduisit le professeur Verdaillan à la porte en lui conseillant, une ombre d'ironie dans la voix, de prendre un repos bien mérité.

Il mit à profit le temps mort qui suivit pour relire systématiquement tout ce qu'il avait noté jusque-là. Derrière les réticences, les subtiles contradictions, se dégageait un portrait peu flatteur, en surface, d'Adeline Bertrand-Verdon. Le dossier que lui apporterait l'inspecteur Djemani permettrait de reconstituer une image plus nette de la victime. La victime. Pourquoi ce mot le gênait-il tellement, appliqué à la présidente de la Proust Association ? Parce qu'il l'avait rangée, intuitivement, du côté des bourreaux. Comme le photographe qui agite avec des pincettes, dans le secret de la chambre noire, le négatif dans le bain de révélateur, il vit soudain se dessiner les traits encore flous d'une « maîtresse chanteuse ». L'incongruité de cette expression ne lui échappa point mais il n'eut pas le temps d'approfondir car à sa porte, un peu essoufflé, le regard fuyant, les mains dans les poches, se dressait du haut de son mètre soixante le sous-directeur des éditions Martin-Dubois, qui demanda d'une voix sans timbre s'il pouvait entrer.

— Je comprends le choc que la disparition de Mme Bertrand-Verdon a dû être pour vous, assura le commissaire Foucheroux avec une certaine compassion.

Philippe Desforge sembla rapetisser encore davantage

dans son costume gris poussière, enfonça ses mains dans ses poches et s'éclaircit plusieurs fois la gorge avant de chuchoter :

– Adeline... Mme Bertrand-Verdon et moi étions amis...

Sa voix dérailla sur le dernier mot. « Amants », interpréta tout de suite Jean-Pierre Foucheroux.

– ...amis intimes, reprit un peu plus haut Philippe Desforge. Nos... rapports...

Sa voix se brisa à nouveau.

– Je comprends très bien votre émotion, cher Monsieur, intervint le commissaire, croyant reconnaître les traces d'un chagrin authentique – à moins qu'il ne fût en face de l'inégalable performance d'un acteur consommé –, soupçon que firent naître, paradoxalement, les paroles candides qui suivirent :

– Je ne sais pas mentir, comme vous le voyez, commissaire. Et je suppose que vous avez les moyens de découvrir rapidement quelle était la nature de mes relations avec Adeline. Je l'ai rencontrée il y a deux ans, par l'intermédiaire de ma femme, de mon ex-femme, en réalité. Mathilde Merlot. Un sourire sans joie rida son visage devant le petit geste d'étonnement que Jean-Pierre Foucheroux ne put réprimer à temps. Je vois que le nom vous est familier...

Il l'était en effet. La France entière connaissait le nom, la voix, le visage de la redoutable directrice de *Télé-Culture*. Ça ne devait pas être tous les jours facile d'être le prince consort.

– Mathilde avait fait une interview avec Adeline sur les hauts lieux de la littérature française et l'a ensuite invitée à une soirée. C'est chez nous que je l'ai vue pour la première fois. Philippe Desforge fit une pause, perdu dans l'évocation de cette première rencontre. Elle était

130

si gaie, si dynamique... Et elle avait un tel esprit de repartie. On se sentait jeune auprès d'elle... Quelque temps après, elle m'a téléphoné au bureau à propos d'un de ses projets littéraires. Nous avons déjeuné plusieurs fois ensemble. Je suis allée chez elle, rue Saint-Anselme. C'est ainsi qu'est né le *Guide du parfait proustien*...

Jean-Pierre Foucheroux admira l'ellipse et attendit patiemment la suite. Avec un soupir, Philippe Desforge poursuivit :

— Mais tout cela ne vous intéresse sans doute pas beaucoup. Je voulais simplement vous mettre au courant de ma hum... liaison avec Adeline avant que vous ne l'appreniez d'une autre source.

— Votre divorce est tout récent...

— On ne peut rien vous cacher, commissaire. En fait, le jugement définitif a été prononcé le mois dernier.

— Cela a dû vous donner une plus grande liberté d'action, résuma Jean-Pierre Foucheroux, tout en imaginant assez mal la femme encore jeune qu'était Adeline convolant en justes noces avec ce petit sexagénaire rabougri qui aurait pu être son père. Parlez-moi, si cela ne vous est pas trop pénible, de la dernière fois où vous avez vu Mme Bertrand-Verdon.

— Ici, hier soir. Philippe Desforge passa des doigts aux phalanges rougies sur ses paupières subitement closes et continua d'une voix très lasse : nous avions un dîner pour les membres du Conseil, auquel s'était joint le professeur Rainsford. Il s'est terminé vers vingt-deux heures et chacun s'est retiré pour la nuit.

— Et vous n'avez pas revu Mme Bertrand-Verdon... plus tard ?

— Non, dit vivement Philippe Desforge en rougissant comme un collégien. Adeline était fatiguée et m'avait fait comprendre qu'elle ne désirait pas être hum... hum... dérangée. La dernière fois que je l'ai vue, c'était dans la salle à manger de cette auberge, en public, avec les professeurs Verdaillan, Rainsford et M. de Chareilles.

— Vous êtes affirmatif ? insista le commissaire, lui donnant une chance de revenir sur cette dernière déclaration.

— Absolument, réitéra Philippe Desforge. J'ai été le premier à me lever de table, sur un signe d'Adeline qui souhaitait en finir de bonne heure. Il gratta machinalement les doigts de sa main gauche avec le plat de sa main droite et ajouta : si vous me permettiez de faire de même, maintenant, je vous en saurais infiniment gré...

Il y avait une sorte de supplication dans sa voix et une anxiété grandissante dans le mouvement nerveux de ses mains.

Jean-Pierre Foucheroux n'eut pas le cœur d'interroger plus longuement la troisième personne qui lui avait affirmé, en l'espace de quelques heures, avoir quitté la première la table du banquet qu'avait présidée, la veille, pour la dernière fois de sa vie, Adeline Bertrand-Verdon.

Lui aussi, il était fatigué. C'est sans doute la raison pour laquelle il ne donna pas suite à l'image qui s'imposa à lui – Janus – en voyant Philippe Desforge partir d'un pied plus léger et avec les épaules plus droites qu'on n'aurait pu s'y attendre de la part d'un amant terrassé par la perte de sa bien-aimée. Janus, le dieu aux deux visages, doté par Saturne de l'extraordinaire pouvoir de contempler simultanément passé et avenir...

XIV

La lune en son dernier quartier éclairait faiblement,
dans le lointain, les bâtiments de la ferme où nichait
la famille Teissandier. C'était une de ces fermes sans
charme de la Beauce, posée rectangulairement sur la
platitude des champs de blé, qui s'étendaient à perte de
vue tout autour, et dont Albert s'était bien juré de « sortir » dès que possible. Il avait à peine dix-huit ans et
tout lui était bon pour mettre un peu d'argent de côté
dans le but de monter à Paris, première étape de ce
qu'il espérait bien être un tour du monde. Ce soir-là,
il avait loué pour une somme fort coquette ses talents
de guitariste à un bal du canton et le contenu de l'enveloppe qu'il avait soigneusement rangée dans la sacoche
de sa Motocyclette l'avait amené, en imagination, jusqu'à Londres, voire Liverpool.

Albert avait les cheveux roux, le teint frais et l'œil
éveillé d'un jeune épagneul. Il sifflotait en prenant à vive
allure le tournant familier qui conduisait au chemin
menant à la ferme de ses parents quand, tout à coup,
les phares d'une voiture l'aveuglèrent, sa Mobylette
dérapa et dans une grande envolée de gravier, il se
retrouva le nez par terre, le coude écorché, et passable-

ment sonné en dépit du casque réglementaire censé lui protéger la tête.

Comme il tentait de se relever, une myriade de points lumineux se mirent à danser devant ses yeux effarés et un pied se posa sur sa poitrine, le clouant au sol, l'empêchant de respirer. Il distingua vaguement une silhouette en imperméable, un chapeau enfoncé sur les yeux et une écharpe cachant le bas du visage de son agresseur. Car il était bel et bien victime d'une agression à trois cents mètres de chez lui ! La silhouette était au centre de rayons éblouissants comme dans les multiples films de science-fiction qui avaient fait ses délices quand il était plus jeune. Combien de fois avait-il imaginé sa rencontre avec un extra-terrestre et la gloire qui s'ensuivrait ! Mais c'est une voix bien humaine qu'il entendit :

— Reste où tu es, Albert. Et dis-moi où tu as mis le sac.

— Le sac ? répéta Albert sans comprendre. Quel sac ?

— Ne fais pas l'idiot, reprit la voix, menaçante. Et dis-moi où il est, si tu ne veux pas qu'il t'arrive quelque chose de plus grave...

— Je ne sais pas de quoi vous parlez, articula à grand-peine le jeune homme, décidé à ne pas céder aussi facilement le fruit de son labeur et pensant qu'il était victime d'une attaque préméditée par le chef d'une bande de voyous venus de Chartres.

— Il va falloir te rafraîchir la mémoire alors... Et un vicieux coup de pied dans ses côtes meurtries par la chute lui coupa net la respiration.

— Dans ma sacoche, bredouilla-t-il dès qu'il le put, en se disant que s'il lui fallait choisir entre la bourse ou la vie, il n'y avait pas l'ombre d'une hésitation à avoir.

– Tu me prends pour un imbécile ou quoi? Comment un sac de voyage tiendrait-il dans une sacoche, je te le demande?

On lui appuya quelque chose de froid et de métallique sur le cou. La panique s'empara du jeune homme. Il eut une brusque illumination...

Il comprit en un éclair que l'individu qui l'avait attaqué n'en voulait pas à son argent.

– Le sac de voyage que m'a donné Émilienne à garder?

– Eh bien voilà, nous y sommes! Ce n'était pas si difficile que ça de t'en souvenir, tu vois bien... Où l'as-tu mis?

Albert était en état de choc. Il fit un effort pour se rappeler l'ordre d'événements qui lui semblaient avoir eu lieu à des années-lumière de l'instant qu'il était en train de vivre. Pour la première fois de sa jeune vie, il avait peur de mourir. De sa bouche douloureuse, il laissa péniblement échapper :

– Je l'ai mis derrière le comptoir. Avec les autres bagages des Italiens.

– Quels Italiens? demanda durement la voix.

– Cinq Italiens. Des campeurs qui étaient venus déjeuner. Oh! mon Dieu...

– Tu as bien raison de prier si tu ne me dis pas la vérité, Albert...

– Mais je vous dis la vérité, gémit le jeune homme. J'ai mis le sac que m'a donné Émilienne derrière le comptoir, avec ceux de ces Italiens. Ils déjeunaient avant de prendre le train de l'après-midi pour Chartres. Même que je leur ai apporté la note avant qu'ils aient fini leur café parce que je devais partir à deux heures juste.

– Tu es parti avant eux? Tu ne les as pas vus partir?

– Mais non, puisque je vous dis... Oh! non...

Albert mesura soudain l'étendue du désastre. Les Italiens avaient dû emporter par mégarde le sac d'Émilienne. À moins qu'ils ne l'aient fait exprès. À moins qu'ils ne l'aient volé...

L'autre dut faire les mêmes suppositions car il relâcha légèrement la pression qu'il exerçait impitoyablement sur la cage thoracique du jeune homme depuis le début de leur conversation.

– Ils t'ont payé comment?

– En liquide, sans me laisser de pourboire, dit misérablement Albert, ne suivant que trop bien le cheminement de la pensée de son assaillant. Avec un chèque ou une carte de crédit, on aurait pu retrouver leur trace, aux Italiens, mais avec de l'argent liquide, c'était sans espoir.

De la bouche de l'ombre sortit un juron étouffé. Puis des mots murmurés tout bas dans l'oreille d'Albert, de vilains mots qui s'inscrivirent en lettres de feu dans son esprit.

– ... car tu m'as bien compris, Albert. Tu as eu un accident, un simple accident, en prenant le virage trop vite. Sinon...

Et les vilains mots continuèrent à déferler dans la conscience vacillante d'Albert, incapable du moindre mouvement, jusqu'à ce qu'un coup du plat de la main férocement appliqué juste en dessous de sa pomme d'Adam, le fasse sombrer dans un néant qu'il accueillit avec gratitude.

*

Le vent avait dû se lever. Devant le feu de bois qui avait plusieurs fois fait mine de s'éteindre, Jean-Pierre Foucheroux buvait lentement un doigt d'armagnac, en attendant l'arrivée de Leila Djemani. Il était rare qu'il le fît. Depuis l'accident, il ne buvait guère, ne fumait plus du tout et mangeait sans jamais avoir faim, pour survivre.

« Clotilde », murmuraient inlassablement les petites flammes qui montaient en dansant des bûches dans la cheminée, « Clotilde ». C'est en hiver qu'il avait entendu pour la première fois son nom. Sa sœur aînée avait organisé une « soirée fondue » et insisté pour qu'il vînt.

— À huit heures, Jean-Pierre. Il y aura... Il avait oublié les autres noms... et Clotilde de Clairmonteil.

À cause du prénom, il avait eu aussitôt la vision d'une princesse mérovingienne, nattée, flottant plus que marchant en ses atours anciens. Et quand il l'aperçut, les cheveux relevés en couronne, assise, souriante, dans un fauteuil à haut dossier, ce soir-là, il ne vit pas la jeune étudiante en psychologie qui était l'amie de sa sœur mais bien « la fille de Chilpéric », la reine de la légende qui accompagnait une de ses gravures favorites, dans le livre doré sur tranche, à la couverture rouge et au titre mystérieux, qu'il lisait et relisait tous les soirs avant de s'endormir, quand il était enfant... Elle leva vers lui son regard bleuté. Elle porta inconsciemment les doigts à sa bouche généreuse et agita un pied menu, ce qui eut pour effet d'entrouvrir la fente longitudinale de sa jupe en velours. Deux ans plus tard, Clotilde de Clairmonteil devenait Mme Jean-Pierre Foucheroux. Sur le marbre noir de sa tombe s'étalait aujourd'hui en lettres dorées : Ici repose Clotilde Foucheroux-Clairmonteil...

« Clotilde, Clotilde », persistaient les flammèches en

137

une étrange mélopée. Et Jean-Pierre Foucheroux, qui était si fréquemment la proie de l'insomnie, s'assoupit soudain comme un nouveau-né jusqu'à ce que la sonnerie du téléphone le tire d'un sommeil sans rêves.

Leila Djemani était arrivée.

Quand il lui ouvrit la porte et qu'elle vit son visage bouleversé, elle pensa : « Clotilde ». Derrière elle, Gisèle Dambert, interdite, les vit échanger le regard sibyllin de deux amis qui se retrouvent, le type de regard qu'elle avait coutume d'échanger avec Évelyne, et qui excluait le reste du monde. Elle, en l'occurrence. Maintenant ils étaient deux contre elle.

– Mlle Dambert a une déclaration à faire, dit simplement Leila Djemani, en s'avançant dans le salon éclairé par des lumières tamisées.

– À cette heure tardive? ironisa le commissaire Foucheroux, qui s'était ressaisi. Entrez, mademoiselle Dambert. Je vous écoute... Si vous désirez vous asseoir, ajouta-t-il, en faisant un geste vers le canapé près de la cheminée.

– Je voulais... je voudrais vous dire que je ne suis pas rentrée directement à l'auberge après la fin du colloque...

Assise en retrait à côté d'elle, l'inspecteur Djemani avait ouvert silencieusement un carnet noir où elle jetait des notes rapides. Jean-Pierre Foucheroux posa la question qui s'imposait :

– Et où êtes-vous allée?

– Au Café... à l'Hôtel de Guermantes, se corrigea Gisèle.

– Il n'y a pas de mal à ça, remarqua le commissaire d'un ton conciliant.

– Non, reprit Gisèle en baissant la tête. Mais ensuite j'ai... j'ai décidé de rentrer à Paris. J'avais l'intention de vous téléphoner demain matin... ce matin... ou de revenir...

Leila Djemani toussota.

— Il n'y avait plus de train pour Chartres, continua Gisèle. J'ai essayé de faire de l'auto-stop... L'inspecteur Djemani s'est arrêtée...

— Je vois, dit Jean-Pierre Foucheroux.

Gisèle détestait ces deux mots, qu'il modulait en maître du sous-entendu. Leila toussota à nouveau et s'excusa :

— Un chat dans la gorge...

Mais cette diversion ne détourna point le commissaire de la question suivante :

— Et combien de temps êtes-vous restée à l'Hôtel de Guermantes ?

— Oh ! pas très longtemps... Moins d'une heure.

— Moins d'une heure. Et ensuite ? la pressa-t-il.

— Ensuite je suis restée assise sur un banc. Et puis je suis allée sur la route de Chartres pour faire de l'auto-stop...

— Vous êtes restée assise pendant trois heures sur un banc ? reprit-il, incrédule. Son regard croisa celui de Leila, qui eut un léger haussement d'épaules. Ils se comprirent sans avoir à parler. Et il prononça ensuite les paroles auxquelles elle s'attendait :

— Écoutez, mademoiselle Dambert, il est tard et nous tournons en rond. La nuit porte conseil, dit-on, et vous avez besoin de vous reposer. Nous continuerons cet entretien demain matin comme prévu mais plus tard. Ici, à onze heures.

— Drôle de cliente, commenta Leila Djemani, dès que la porte se fut refermée sur Gisèle. Voici le dossier Bertrand-Verdon, ajouta-t-elle, en lui tendant un classeur rouge. Je suis à l'annexe, chambre 7, si vous avez besoin de moi.

Il lui fut reconnaissant du respectueux « À demain » sur lequel elle disparut, comprenant sans qu'il ait à le lui dire qu'il préférait rester seul. En plus du classeur, elle lui avait apporté, discrètement empaqueté dans une petite boîte noire, son revolver.

XV

Le lendemain, une aube grisâtre et glacée fut le prélude à une matinée venteuse qui n'encouragea guère les proustiens anglophones – pourtant habitués aux brumes et aux frimas insulaires – à profiter de l'excursion prévue dans le cadre de la réunion de la Proust Association. Après un petit déjeuner « continental », servi à partir de sept heures dans la salle à manger rustique de l'auberge du Vieux-Moulin et comprenant café, croissants, pain beurré et madeleine de circonstance, deux douzaines de fidèles montèrent dans le vieil autocar du syndicat d'initiative pour aller voir de loin le domaine de Tansonville et le lavoir de Saint-Éman, c'est-à-dire, dans le texte de Combray, « la maison de Swann » et « l'entrée liquide des Enfers ». Pour ne pas blesser les susceptibilités anglo-saxonnes et le puritanisme effarouché de certains membres américains de l'Association, il avait été décidé de ne pas faire de détour par le talus où, sous le nom à peine déguisé de Montjouvain, Proust avait stratégiquement situé la première grande scène de voyeurisme et de sadisme de son long roman.

Le professeur Rainsford faisait partie du groupe. D'abord parce que cela lui fournissait une excellente raison d'éviter le commissaire Foucheroux mais aussi parce qu'il espérait vaguement rencontrer la « riche Américaine » qui avait acheté Tansonville et la persuader de s'intéresser, financièrement s'entend, au développement de son Centre des Manuscrits Postmodernes.

Hélas! quand la petite troupe arriva devant la barrière blanche du jardin, un jeune homme informa le guide qu'en l'absence des propriétaires, il ne pouvait sous aucun prétexte autoriser la visite de la maison. Mais il ajouta gracieusement qu'à titre exceptionnel il était permis d'en prendre des photographies. La luminosité était si réduite que peu de personnes se hâtèrent de gâcher de la pellicule. Tout de même, quelques fervents posèrent brièvement dans le jardin sans vie, tandis que d'autres cadraient leur objectif sur le bâtiment principal. Mais la plupart restèrent frileusement assis dans le véhicule, à écouter une jeune fille recrutée le matin même par André Larivière mal lire des morceaux choisis de Combray où il était question de Tansonville. Malheureusement, elle confondit les pages et les régala du passage des aubépines et d'autres extraits du parc de Swann – qui avait pour origine, dans la réalité, le Pré Catelan, propriété de l'oncle de Proust, devenu jardin public et situé trois ou quatre kilomètres plus bas.

Le car s'arrêta d'ailleurs ensuite devant l'entrée du « Jardin de Marcel Proust, classé par arrêté ministériel du 12 déc... » mais, malgré les « Imaginez les aubépines en fleurs » répétés d'André Larivière devant les haies dénudées et grelottantes, personne ne se risqua dans les allées couvertes de givre ni ne souhaita immortaliser sa présence devant les pigeonniers tombant en ruine, le petit pavillon délabré, la fontaine tarie. On quitta donc le fictif côté de chez Swann pour gagner par des routes départementales assez mal entretenues celui, non moins fictif, de Guermantes.

Pendant le trajet, Patrick Rainsford mit au point un plan de campagne qui lui permettrait de sortir en beauté, par la fuite, du dilemme dans lequel il était plongé. Il suffisait de trouver une cabine téléphonique et d'appeler sa femme en P.C.V. pour lui demander de lui envoyer immédiatement un télégramme réclamant sa présence aux États-Unis. Il était quatre heures du matin sur la côte Est et il n'avait aucun scrupule à tirer Jennifer des bras de Morphée. Elle n'avait que trop tendance à dormir comme une souche. Et cette retraite précipitée était la seule solution. Dieu sait ce que ce commissaire, qui était loin d'être un sot, allait déterrer au cours de son enquête. Il finirait par faire parler la secrétaire, qui avait sans doute entendu une partie de cette malheureuse conversation entre lui et Adeline Bertrand-Verdon.

Mieux valait prendre les devants. Il renonça avec un soupir à remporter Max Brachet-Léger dans ses bagages et aux diverses manœuvres qu'il avait prévu d'exécuter dans les salons de l'ambassade, rue Saint-Florentin. L'autocar traversait en cahotant un paysage désolé de plaines mornes et de rivières emprisonnées par le gel, que le soleil de la veille n'avait pas réussi à faire fondre. Mais Patrick Rainsford préférait encore fixer son regard sur la désolation hivernale qui défilait derrière la vitre de la fenêtre embuée plutôt que de prêter la moindre attention aux « pèlerins » qui l'entouraient. Il avait les voyages organisés en horreur, et ne se rappelait que trop les contraintes de la tournée obligatoire des tombeaux lyciens, en Turquie, l'été où il avait dû faire sa cour à

Jennifer. Le souvenir des tombes sculptées à même les montagnes d'Anatolie le ramena tout naturellement, par association d'idées, à la mort d'Adeline Bertrand-Verdon...

Il n'avait toujours pas compris pourquoi, alors qu'elle lui avait discrètement fixé rendez-vous à l'auberge pour après le dîner, afin qu'ils mettent au point un texte annonçant sa nomination au poste de « directrice associée du Centre des Manuscrits Postmodernes », elle s'était décommandée à la dernière minute avec un bref :

— Il faut que j'aille à la Maison de Tante Léonie. Attendez-moi. Je vous verrai plus tard.

Plus tard, deux heures plus tard, après avoir vainement essayé de la joindre et avoir tourné en rond dans sa chambre, il avait subrepticement gagné la voiture qu'il avait louée et s'était rendu au village, sachant qu'au pire il croiserait l'*Alfa Romeo* de la présidente en train d'en revenir... Mais il ne rencontra pas âme qui vive entre l'auberge et la Maison. Il se gara sur le parking de l'église et se rendit en rasant les murs à la Maison de Tante Léonie. Tout y était noir et silencieux, comme dans le reste du village, mais la porte donnant sur la rue n'était pas fermée à clé, et il entra furtivement dans le lieu historique en lançant d'une voix qui se voulait assurée :

— Mᵐᵉ Bertrand-Verdon ?

Seul le silence lui répondit. Par la porte-fenêtre qui donnait sur le jardin intérieur filtrait un mince rayon de lune qui colorait le dallage du couloir d'une étrange teinte rose mauve. Toutes les autres portes étaient fermées. Soudain, il crut entendre un craquement en direction du premier étage.

— Adeline ? interrogea-t-il en s'engageant dans l'es-

144

calier sans savoir quel crève-cœur c'était pour le narrateur proustien et pour le lecteur averti, car il avait
sauté le passage du coucher de Marcel, au début de
« Combray ».

Arrivé en haut, il aperçut un rectangle plus clair, une
porte entrouverte...

– Adeline? répéta-t-il.

À cet instant précis, après avoir dépassé une constel-
lation fort laide de maisons neuves, l'autocar s'arrêta
en rase campagne devant l'église de Saint-Éman, arrachant Patrick Rainsford à l'abominable souvenir de sa
main agrippée à la petite statue de plâtre qui avait mis
fin aux jours de la présidente de la Proust Association.

*

L'église de Saint-Éman, solitaire au milieu d'un petit
cimetière de campagne, contient les reliques du saint
qui, convenablement prié, fait tomber la pluie bienfaisante sur les plaines de Beauce par les chaleurs torrides
des mois de juillet et d'août. Mais en ce novembre trop
humide, nul n'était besoin de ses services. Le petit groupe
se répandit en cercle autour du lavoir et regarda sans
mot dire de minuscules bulles crever la surface aqueuse
pendant que la jeune fille débitait la page proustienne
concernant le site *« aussi extra-terrestre que l'entrée des
Enfers »*.

– Au moins en enfer, il fait chaud... risqua à mi-voix
le mari d'une proustienne en extase.

André Larivière proposa alors de rentrer en faisant
un dernier arrêt dans une ferme locale, mentionnée par
Proust dans une des versions primitives de son chef-
d'œuvre, pour reprendre des forces avant le déjeuner et

la visite de la Maison de Tante Léonie, fixée à deux heures trente précises.

Patrick Rainsford demanda si on ne pourrait pas faire une halte au centre du village pour acheter des cartes postales. Deux ou trois personnes exprimèrent leur soutien et quand l'autocar s'immobilisa sur une place sans grand intérêt, devant un café-tabac, le professeur américain aperçut, à son grand soulagement, dans un angle, la boîte en verre caractéristique des cabines téléphoniques françaises. Il s'y précipita. Malheureusement, cette cabine ultra-moderne ne fonctionnait qu'avec une carte. Furieux, il rempocha ses pièces de monnaie et reprit sa place dans l'autocar, impatient maintenant de gagner la ferme, qui était son dernier espoir, maugréant intérieurement contre les « touristes » qui retardaient sa nécessaire conversation téléphonique avec Jennifer.

– Je voudrais téléphoner en P.C.V., dit-il à la jeune fermière en costume beauceron, dès qu'il eut la possibilité de lui parler à part, une fois les commandes de thé, de lait, de miel, de vin chaud et de grogs passées.

– Mais certainement, monsieur, lui répondit-elle en le conduisant à un réduit contigu à des toilettes, où un vieil appareil noir était posé entre un balai et des chiffons.

Jamais il n'avait été aussi heureux de parler à une opératrice, bien qu'elle lui fît répéter trois fois son numéro de téléphone, son nom et celui de Jennifer. « Attendez, s'il vous plaît. » Après de multiples grésillements, le récepteur devint complètement silencieux. L'attente paraissait interminable à Patrick Rainsford, qui sursauta au moment où la voix de l'opératrice revint enfin en ligne. « Pas de réponse. »

– Comment ça, pas de réponse ?

– Pas de réponse. Il n'y a personne au numéro que vous avez demandé.

Elle dort, se dit-il. Et il fut pris d'une grande colère à la pensée de son épouse légitime paisiblement endormie à des milliers de kilomètres, le visage luisant de crème revitalisante, quelques rouleaux dans des cheveux blonds qui commençaient à perdre leur brillant, un masque sur les yeux, des boules Quies dans les oreilles.

Ou alors elle n'est pas là. Chez ses parents? Chez sa sœur jumelle? Ailleurs? Ailleurs... Tout à coup, Patrick Rainsford eut la vision inquiétante d'une autre Jennifer, maquillée, provocante, dormant ailleurs avec quelqu'un d'autre...

– ... recommencer plus tard, disait la voix impersonnelle de la dame du téléphone.

– Oui, c'est cela, plus tard, dit-il en raccrochant.

Il lui fallut plusieurs minutes pour chasser complètement de son esprit la supposition grotesque qui s'était emparée de lui. Et pour réfléchir à une autre manière d'arriver à ses fins.

– *Hi Bob*, disait-il un quart d'heure après, dans le même appareil téléphonique, à son frère, médusé d'être réveillé de France au beau milieu d'une nuit californienne embaumée par les senteurs d'eucalyptus, *It's Pat... now, this is what I want you to do for me...*

Satisfait, il ne fit guère attention à la personne qu'il bouscula légèrement en sortant du petit cabinet et à qui il dit automatiquement, sans la regarder : « *Excuse me* », avant de rejoindre ses compatriotes miraculeusement transformés en joyeux lurons par les boissons alcoolisées devant lesquelles ils étaient attablés.

*

Avant même que le petit clan des proustiens ne s'évapore dans les brumes matinales, le commissaire Foucheroux et l'inspecteur Djemani avaient eu une session de travail intensif. Il était clair pour Leila, quand elle arriva dans le « salon de torture », comme ils appelèrent ensuite cet endroit particulier, que Jean-Pierre Foucheroux s'était complètement repris, avait retrouvé le ton et les manières professionnels qui le caractérisaient habituellement. Rasé de près, le cheveu encore humide mais discipliné, une tasse de café à la main, il avait tout d'un moderne saint Michel prêt à combattre le dragon, mais des ridules au coin de ses yeux clairs et autour de sa bouche trahissaient la nuit sans sommeil.

Ils avaient échangé des notes et des impressions. Et ils étaient tombés d'accord pour ne pas dresser une liste définitive de suspects avant d'avoir les résultats des analyses et de l'autopsie.

– Ils ont tous quelque chose à cacher, comme d'habitude, soupira Jean-Pierre Foucheroux. C'est pour cela qu'ils se contredisent. Mais je n'ai jamais entendu les mêmes mensonges dits trois fois de suite par trois personnes différentes, avec la même conviction... Quant à ce qu'ils ont vraiment fait ensuite... Il laissa la phrase inachevée.

– Il n'y a pas moyen de vérifier leurs allées et venues après vingt-deux heures, confirma Leila, avec toutes ces portes-fenêtres et les trois escaliers. Sans parler des places de parking artistiquement dissimulées pour ne pas gâcher le paysage! C'est vraiment le cas de le dire, on entre et on sort comme dans un moulin, dans cette auberge.

Mais le commissaire Foucheroux ne sourit pas. Il suivait une autre ligne de pensée :

– Quant à Gisèle Dambert...

Quelque chose de traînant dans sa voix mit l'inspecteur Djemani en alerte et elle commença avec précaution :

— Vous la croyez capable...

— Vous savez bien que n'importe qui est capable de n'importe quoi, dans des circonstances données et variables selon chaque individu, interrompit-il sans ménagement. Dieu sait où elle serait à l'heure actuelle si vous ne l'aviez pas récupérée sur la route. Elle prétend avoir passé la nuit du crime chez elle à Paris mais M. Rainsford affirme l'avoir aperçue sortant de la chambre d'Adeline Bertrand-Verdon après le dîner. Pourquoi mentirait-il ?

— Pourquoi mentirait-elle ? risqua l'inspecteur Djemani, et, se faisant l'avocat du diable : tout dépend peut-être de la définition individuelle du mot « nuit ».

— C'est ce qu'il va falloir déterminer avec elle dès que possible, trancha-t-il. Et lui faire avouer la vérité sur ses conditions de travail à l'intérieur de la Proust Association.

— Et les autres ont-ils de plus clairs intérêts à faire disparaître la présidente ? interrogea Leila Djemani, suivant sans aucune difficulté la pente de ces réflexions.

— Je ne sais pas, reconnut le commissaire Foucheroux. En fait, je ne sais rien ni sur les motifs, ni sur l'arme ni même sur l'heure exacte du crime. La gendarmerie a été très efficace et j'ai toute confiance en l'équipe médicale mais tant que nous n'avons pas les résultats noir sur blanc...

— Le médecin légiste a déjà donné quelques indications, dit Leila d'un ton apaisant. Et vous avez eu les premiers entretiens...

– Desquels il ne ressort pas grand-chose. Le professeur Rainsford a beaucoup insisté sur le caractère superficiel de ses rapports avec Mme Bertrand-Verdon, Guillaume Verdaillan ne semble pas l'avoir tenue en grande estime et Philippe Desforge a admis trop franchement à mon goût avoir eu une liaison avec elle. Et s'il est vrai que M. de Chareilles pensait à l'épouser...

– Ne devons-nous pas le voir ce matin ? lui rappela son inspecteur.

– Si, dit-il sans enthousiasme. Il faut téléphoner au château de la Moisanderie pour annoncer notre arrivée.

– Je m'en charge, si vous voulez, proposa Leila Djemani.

Il acquiesça et jeta un coup d'œil approbateur sur sa tenue. Elle n'était pas en uniforme. Elle portait un ensemble en laine gris-bleu, manteau trois-quarts et jupe assortie à un pull-over qui lui avait coûté fort cher, même d'occasion – mais c'était l'occasion –, avec des bottes et un sac en cuir noir. Ses lourds cheveux bruns étaient retenus en catogan par des peignes d'écaille. Il savait ce que cet effort d'assimilation avait dû lui demander. Après les signes extérieurs de rébellion du début, Leila s'était merveilleusement transformée. Disparues, les boucles d'oreilles dorées et cliquetantes, les écharpes bariolées, et autres proclamations vestimentaires de sa « différence ». En revanche, elle lui avait appris, à force de gentille dérision, à ne pas avoir honte de se laisser voir sans cravate, à se « décoincer ».

M. de la Moisandière leur fit répondre par son secrétaire qu'il ne serait pas en mesure de les recevoir avant dix heures trente, son épouse Marie-Hélène ayant pris

150

des engagements antérieurs et lui-même devant régler des affaires bancaires de la plus haute importance pour les finances internationales. M. de Chareilles ne serait disponible que vers onze heures.

XVI

Gisèle, encore à moitié endormie, vit immédiatement l'enveloppe blanche, posée sur le plateau du petit déjeuner, que venait de lui apporter la femme de chambre. Avec un joyeux « Bonjour, mademoiselle », celle-ci ouvrit tout grands les doubles rideaux sur un sinistre début de journée. « Ça va se lever », affirma-t-elle sur un ton optimiste, défiant le brouillard qui empêchait de voir au-delà des hautes branches tordues des arbres les plus proches. Gisèle se souvint brusquement du matin où, toute petite, elle avait fait irruption dans la chambre d'Yvonne, en criant, affolée :

« – Yvonne, Yvonne, le ciel est tombé par terre.

– Mais non Gisèle, c'est juste du brouillard, retourne te coucher, avait marmonné sa grande sœur d'une voix ensommeillée.

– De la condensation d'eau provenant de la rencontre de deux masses de température différente. Quand l'air est saturé d'humidité, il se forme un amas de fines gouttelettes... », avait longuement expliqué leur père au déjeuner quand Yvonne s'était plainte d'avoir été réveillée trop brutalement pour être de bonne humeur.

Gisèle remercia la femme de chambre qui s'enfuit

avec une inexplicable expression d'ahurissement et contempla le plateau placé sur la table ronde, à côté du lit. Deux pots en faïence blanche, l'un de café, l'autre de lait, attendaient que leur contenu soit versé dans une tasse sagement posée sur sa soucoupe, entre une petite panière remplie de tranches de pain frais et un vase où s'entrouvrait un bouton de rose. À côté, deux petits ramequins offraient une quantité égale de beurre et de confiture, de part et d'autre d'une serviette damassée contenant l'argenterie. Gisèle détourna son regard de l'appétissante gelée rouge qui ne lui rappelait que trop l'imprudence qu'elle avait commise et d'un geste décidé se versa une tasse de café avant d'ouvrir le message qui lui était destiné.

D'une écriture élégante et impérative, le commissaire Foucheroux repoussait à treize heures et à la gendarmerie l'entrevue déjà déplacée une première fois. En dépit de ce que cela pouvait signifier, Gisèle se sentait mieux, à cause des quelques heures de sommeil qu'elle avait réussi, artificiellement, à provoquer et du sursis qui lui était ainsi accordé.

Elle trempa une tranche de pain beurré dans une seconde tasse de café et décida de prendre contact avec le professeur Verdaillan, puis d'aller aux nouvelles au Café de la Gare. Sur la table de nuit gisaient pêle-mêle sa montre, un tube de somnifères, ses lentilles de contact et les extravagantes boucles d'oreilles que lui avait imposées Ray Taylor. « Quelle mascarade », pensa-t-elle. Des bras accueillants d'un fauteuil, ses habits de la veille pendaient piteusement, une manche de corsage masquant comiquement le bout d'une chaussure, la déguisant en bateau accostant sur une île.

Une douche. L'idée de l'eau bienfaisante ruisselant

sur son corps engourdi poussa Gisèle jusqu'à la salle de bains, décorée avec goût et dans laquelle de petits paniers enrubannés proposaient dentifrice, savons, shampooing, lotions, cirage et nécessaire à couture. Gisèle ne put éviter de voir son reflet dans le miroir qui recouvrait tout un mur du petit espace et se fit peur. Elle s'était sentie si exténuée quand elle avait pu enfin pénétrer dans cette chambre réservée pour elle qu'elle n'avait pas eu la force de se démaquiller, à peine celle d'enlever ses vêtements et d'avaler un comprimé avant de s'enfouir dans les doux draps fleuris. Pendant la nuit, le mascara avait coulé de ses cils en longues traînées noires, le fond de teint s'était écaillé par plaques, le fard à lèvres avait débordé et viré à l'orange et ses cheveux, dont elle n'avait pas enlevé toutes les épingles, s'étaient dressés sur sa tête en paquets inégaux, lui donnant l'aspect démentiel d'une des trois Gorgones. « Méduse, Euryale et Sthéno », se récita-t-elle. Pas étonnant que la pauvre femme de chambre n'ait craint d'être changée en pierre si elle la regardait en face!

Sans plus attendre, Gisèle sauta sous le jet vigoureux et frotta, décapa, rinça systématiquement, déterminée à ignorer les picotements irritants dans ses yeux et les nœuds douloureux dans ses cheveux. Après vingt-cinq minutes de ce régime, elle entortilla avec délices une large serviette de bain autour de sa chevelure lissée, se drapa dans le peignoir en éponge aux initiales de l'auberge et approcha de la glace embuée son visage nu et rosi par l'eau chaude. Mis à part les cernes bleus qui marquaient d'une ombre sa peau délicate, elle était revenue à elle-même, en apparence du moins.

Gisèle fixa malgré elle ses yeux sur le ramequin de confiture et les pensées qu'elle avait réussi à refouler jusque-là l'immobilisèrent en une pose inconfortable sur le bord du lit. Comment allait-elle pouvoir justifier la poudre blanche qu'elle avait mélangée à la confiture de pétales de rose qu'Adeline avalait chaque soir sans révéler le reste? Comment expliquer pourquoi il lui avait fallu être absolument sûre que sa patronne dormirait d'un sommeil de plomb et n'aurait pas à la dernière minute la fantaisie de rentrer rue Saint-Anselme la nuit avant le colloque? Gisèle n'avait jamais eu l'intention de tuer Adeline, juste de l'endormir le temps d'aller récupérer ce qui lui appartenait, ce qui lui avait été volé... Et maintenant... « Maintenant, se morigéna-t-elle, il faut que je parle à mon directeur de thèse et que j'aille chercher mon sac. » Et surtout, surtout, il fallait se jurer de ne pas prononcer le nom d'Yvonne. De ne pas penser au nom d'Yvonne, qui entraînerait, fatalement, celui de Selim.

On frappa à la porte et une autre femme de chambre, moins apeurée semblait-il que la précédente, lui remit les objets qu'elle avait demandés. Gisèle la chargea de remettre au professeur Verdaillan une note sollicitant de sa bienveillance une entrevue dans l'heure qui suivait.

*

Ils se retrouvèrent dans une des petites pièces du rez-de-chaussée qui faisait office de bibliothèque. Un feu pétillait dans la cheminée. Comme pour contrebalancer l'atmosphère d'intimité créée par le décor, Guillaume Verdaillan, au comble du professoral, essuya longuement ses lunettes et indiqua à Gisèle, d'un geste qui

155

n'admettait pas de réplique, la chaise où elle devait s'asseoir.

— Alors, mademoiselle Dambert? demanda-t-il avec économie.

Intimidée, Gisèle se jeta néanmoins à l'eau :

— Je tenais à vous informer des progrès de mon travail...

— Fort bien, dit-il en laissant flotter son regard distrait le long d'une rangée de livres anciens, à sa droite.

— Je me demandais si je pourrais soutenir d'ici la fin de l'année, si vous auriez le temps...

— Cela dépend de... beaucoup de choses, laissa tomber le professeur sans grand enthousiasme. Vous en avez combien de pages et dans quel état?

— 742 pages et une version finale sur ordinateur.

Il fit une petite grimace indéchiffrable :

— Rappelez-moi le titre exact de vos travaux.

— Justement, à ce sujet, tenta courageusement Gisèle, j'avais choisi, avec votre accord, « *Problématique de la transition dans l'œuvre de Marcel Proust* », mais en fait je me suis concentrée sur le passage entre *Jean Santeuil* et la *Recherche*...

— Sans m'en avertir, interrompit sévèrement le professeur.

— Je vous ai envoyé un mot à l'université l'an dernier, se défendit l'étudiante.

— Que je n'ai pas reçu, je vous l'assure, la coupa-t-il. Ce qui n'est pas étonnant avec le secrétariat ou plutôt le manque chronique de secrétariat qui est le lot des professeurs en France.

— J'ai essayé de vous joindre à plusieurs reprises mais vous étiez à l'étranger, persista la jeune femme.

— C'est vrai, fit-il, un peu radouci. J'ai beaucoup voyagé

ces derniers mois. Et il énuméra avec une certaine complaisance la liste des universités américaines, africaines et asiatiques qui avaient requis sa présence.

— Ce dont je voulais vous prévenir, monsieur le professeur, dit Gisèle dès qu'il eut terminé, c'est que j'ai travaillé sur des documents inédits, sur les cahiers de 1905 très exactement.

La température sembla soudain baisser de plusieurs degrés dans la pièce. Guillaume Verdaillan tira machinalement de sa poche un paquet de cigarettes et, avec un « Ça ne vous gêne pas ? » à peine audible et *pro forma*, il en alluma une avec un briquet en or dont la flamme tremblota bizarrement.

— Et où les avez-vous dénichés ces cahiers, mademoiselle ? dit-il avec une certaine incrédulité dans la voix.

— Ils m'ont été confiés par Évelyne Delcourt, qui était une amie de Céleste Albaret. Il y en a quinze. J'en ai fait une transcription diplomatique et ma thèse est en fait une interprétation...

— Confiés légalement ? questionna Guillaume Verdaillan qui semblait n'avoir entendu que le début de la première phrase.

— On pourrait dire légués, répondit-elle. Ils permettent de montrer la transition entre le premier roman inachevé de Proust et le commencement de la *Recherche*...

Gisèle se demanda pourquoi ses paroles tombaient avec une telle lourdeur dans le silence presque complet du lieu et d'où lui venait le sentiment de malaise qui l'envahissait graduellement. C'était comme si chaque mot était un piège.

— Et vous avez la preuve de ce que vous avancez ? Vous

157

avez ces cahiers? s'enquit son directeur de thèse après avoir exhalé une longue bouffée de fumée bleue.

Gisèle se troubla.

– Je les avais, dit-elle. Et elle lui raconta comment elle avait laissé son sac de voyage à Émilienne, qui l'avait donné à garder au Café de la Gare et pourquoi il fallait attendre le retour d'Albert pour le récupérer.

Le professeur Verdaillan se leva de son fauteuil directorial, se rapprocha de Gisèle et lui dit d'un ton paternel fort différent de celui qu'il avait employé jusque-là, en se penchant vers elle :

– Ne m'en dites pas davantage, mademoiselle Dambert, tant que vous n'avez pas ces cahiers en main. Puis-je vous mettre en garde, cependant, contre la dissémination des informations que vous venez de me donner? À mon sens, il faut à tout prix, et j'insiste dans votre intérêt, à tout prix, éviter de mentionner cette affaire à qui que ce soit. Ébruitez la chose et Dieu sait où cela vous conduira avec... avec... la disparition de Mme Bertrand-Verdon.

– Vous ne pensez donc pas que je doive en parler à la police? dit Gisèle un peu confuse et surprise par sa véhémence.

– Absolument pas, mademoiselle Dambert, absolument pas. Imaginez les conclusions qu'ils pourraient en tirer... Non, le mieux est sans doute de vérifier auprès du Café de la Gare si cet... Arthur?... Alfred...

– Albert, dit-elle à mi-voix.

– Albert, puisque Albert il y a, poursuivit-il sans se démonter, a fait sa réapparition. Vous avez une voiture?

– Non, admit Gisèle en baissant la tête et en essayant de ramener la conversation sur le sujet qui la préoccupait. Pour ma soutenance de thèse...

158

— Ne vous inquiétez pas de votre soutenance, la rassura le professeur Verdaillan avec un brin d'impatience dans la voix. Donnez-moi votre version finale et nous trouverons une date qui conviendra à... hum... tous. Pour le moment, il s'agit de retrouver les cahiers perdus.

— Je ne voudrais pas abuser... commença Gisèle, qui avait bien l'intention d'aller au Café de la Gare toute seule.

— Du tout, du tout, puisque je vous propose de vous conduire, assura Guillaume Verdaillan avec un grand mouvement de la main droite, qui fit tomber la cendre de sa cigarette sur le tapis multicolore, sans qu'il y fasse attention.

Et c'est ainsi que Gisèle monta dans le puissant véhicule de son directeur de thèse et qu'ils arrivèrent en un temps record au Café de la Gare où, en les voyant entrer, la patronne s'exclama :

— Ah! mademoiselle. La mère d'Albert vient de nous appeler. Il a eu un accident de moto la nuit dernière. Il est immobilisé pour plusieurs jours.

— Vous lui avez demandé, pour le sac? Gisèle posa la question avec un battement de cœur.

— Oui, vous pensez bien. Mais sa mère n'était pas au courant. Elle téléphonait de la poste de Lamousse, vous comprenez. Comment va-t-on faire un jour de marché, sans Albert? Et en plus on a une noce demain soir...

— Où se trouve Lamousse? s'informa le professeur Verdaillan.

— À une vingtaine de kilomètres, répondit la patronne. Mais la ferme Teissandier n'est pas facile à trouver, je vous avertis.

— Rien n'est impossible avec un plan, rétorqua sen-

tencieusement l'universitaire. Et quelques explications.
Dites-nous...

Un quart d'heure plus tard, le professeur et sa thé-
sarde fonçaient à vive allure à travers la plate campagne
beauceronne. Gisèle ne savait comment interpréter l'attention dont elle était soudain l'objet. Elle avait le pres-
sentiment que tout ceci finirait mal et la conduite spor-
tive dont elle subissait les chocs successifs en silence
provoquait chez elle une vague nausée. Elle ne put étouf-
fer un petit cri quand le bolide, dans lequel elle était
passivement assise, faillit enfoncer, à un carrefour dangereux, le flanc gauche d'un autocar jaune, dont le
conducteur baissa la glace pour faire partager au monde
son opinion – personnelle et scatologique – des Parisiens
au volant.

XVII

Le château de la Moisanderie était un énorme bâtiment à deux pavillons qui avaient la particularité de
donner l'un sur un parc à l'anglaise dont on pouvait
deviner le délicieux fouillis à la belle saison, et l'autre
sur les allées rectilignes d'un jardin à la française. Le
corps de logis principal datait du XVIIe siècle, ainsi que
le colombier en brique et une chapelle contenant une
intéressante *Présentation au Temple* par un disciple de
Philippe de Champaigne. Partiellement incendié à la
Révolution, ce qui força les propriétaires à émigrer temporairement en Amérique, le château avait été restauré
dès 1830 par un lointain parent de l'actuel Louis de la
Moisandière et, s'il ne restait aujourd'hui aucun des
meubles d'origine, les boiseries et les plafonds avaient
été suffisamment préservés pour qu'on ait une idée assez
précise du temps de leur splendeur.

Le commissaire Foucheroux et l'inspecteur Djemani
furent introduits non point dans « le salon du Roi », où
Louis XIV était censé avoir passé deux nuits mais dans
une antichambre dépourvue de dorures et manquant de
chauffage. Des chaises recouvertes de velours vert enca-
draient deux commodes ventrues et quelques vieux fau-

teuils étaient disposés en demi-cercle autour d'une table de jeu, devant la cheminée sans feu. Ils examinaient le portrait imposant de *Charles Amanieu de la Moisandière en route pour la Hollande* quand son descendant fit son apparition.

Il y avait une lointaine ressemblance dans le haut du visage, le regard assuré des yeux bruns, l'expression un peu condescendante de la bouche.

– Louis de la Moisandière, se présenta-t-il immédiatement. Je suppose que vous désirez avoir un entretien avec M. de Chareilles, à propos de cette malheureuse affaire.

– En effet, répondit le commissaire Foucheroux, sans trahir le moindre sentiment. L'inspecteur Djemani et moi avons quelques questions à lui poser concernant la journée d'hier.

M. de la Moisandière hésita avant de laisser tomber :

– Si vous voulez vous asseoir et attendre un moment, je vais l'avertir. Ça ne vous ennuie pas, j'imagine, qu'il vous parle en présence d'un avocat.

– Mais pas le moins du monde, l'assura Jean-Pierre Foucheroux, en ajoutant toutefois : bien que cette visite n'ait rien d'officiel. Nous essayons simplement de reconstituer l'emploi du temps de la victime. M. de Chareilles nous sera d'une aide précieuse, en tant que témoin, puisqu'il connaissait intimement Mme Bertrand-Verdon.

Charles-Louis de la Moisandière, sur le point de mettre fin à la conversation, se ravisa alors et dit avec une certaine brusquerie :

– Je dois vous prévenir, commissaire, que M. de Chareilles est fort affecté par les événements et qu'à votre place je serais extrêmement prudent. Tout interrogatoire est hors de question.

162

Percevant que le seigneur du logis essayait chevaleresquement de protéger les intérêts de son hôte en évitant de laisser affleurer un antagonisme par trop évident contre la barbarie des représentants de la république, Jean-Pierre Foucheroux le rassura :

— Croyez bien que nous ne lui demanderons que le strict nécessaire et que nous respecterons sa douleur.

Après avoir nerveusement joué avec la chaîne de sa montre, M. de la Moisandière se laissa aller à ajouter :

— Il ne faut pas non plus prendre trop au sérieux ces rumeurs de fiançailles. Certes, Édouard songeait, éventuellement, à se remarier un jour — après tout, voilà plus de dix ans que Blanche nous a quittés — mais bien des obstacles s'opposaient à ce que la chose se concrétise avec quelqu'un du genre de Mme Bertrand-Verdon... Quoi que vous ayez entendu dire, commissaire, je puis vous affirmer que rien n'était encore fait. Hier encore... Il s'interrompit un instant. Mais il vaut sans doute mieux qu'Édouard vous explique tout cela lui-même... Changeant de sujet, il continua : au risque de vous paraître indiscret, commissaire, puis-je vous demander si vous êtes allié aux Clairmonteil, comme le croit mon épouse ?

Leila sentit Jean-Pierre Foucheroux se raidir, et le vit s'assombrir, alors qu'il répondait avec une courtoisie glacée :

— Si l'on peut dire.

Comprenant qu'il était inutile d'insister, ce que ne lui aurait pas permis, quelles que soient les circonstances, sa bonne éducation, M. de la Moisandière, après avoir toisé Jean-Pierre Foucheroux d'un regard facile à interpréter, tourna les talons en disant :

— Je vais voir si M. de Chareilles est prêt à vous recevoir.

163

Restée seule avec Jean-Pierre Foucheroux, Leila eut le bon sens de rester silencieuse. Elle alla se poster devant une des grandes fenêtres ayant vue sur un bassin en pierre d'où s'élevait un mince jet d'eau et resta à contempler les buis bien taillés du jardin, le squelette des pergolas et les arceaux de fer autour desquels s'enrouleraient, l'été venu, de vibrantes glycines mauves jusqu'à ce que son compagnon fasse remarquer d'une voix mordante :

— J'apprécie assez modérément que nous soyons traités en larbins, inspecteur Djemani. Veuillez excuser la morgue du lieu. C'est héréditaire.

— Ça n'a aucune espèce d'importance, lui dit-elle avec douceur. Vraiment, ça n'a pas d'importance.

Mais pour lui ça en avait. Jamais il ne s'habituerait à ce que son beau-père ait autant de frères jumeaux, parlant avec les mêmes intonations, la même syntaxe, et un souverain mépris que ne masquait guère une ostensible politesse. Il fallait absolument qu'il reprenne le contrôle de lui-même. Ses sentiments personnels, ses susceptibilités n'avaient pas à entrer en ligne de compte. Le vicomte de Chareilles devait être entendu avec objectivité, sans a priori, et avec le bénéfice du doute, privilège de tout citoyen.

Un domestique vint alors les chercher pour les conduire dans une ravissante petite pièce à l'italienne, où, debout devant un secrétaire vénitien, M. de Chareilles faisait de vaillants efforts pour avoir l'air dégagé, entre son hôte et son homme de loi.

— Nous vous laissons, alors, Édouard, lui dit M. de la Moisandière avec une pointe d'interrogation dans la voix.

— Si cela ne vous ennuie pas...

164

— Mais pas du tout, mon cher, pas du tout. Vous savez où nous trouver si besoin est.

Et il sortit en compagnie de l'autre personne qu'il présenta lapidairement, au passage, avec un bref : « Me Laucournet ».

Indéniablement, M. de Chareilles était encore bel homme. Habillé avec élégance, grand, mince, l'œil vif et la pose guerrière, il projetait l'image parfaite de ce qu'on appelle communément la « vieille France ». Seules de minces veines bleues, apparentes sur ses mains aristocratiques, et des cheveux d'un blanc de neige révélaient qu'il était peut-être plus âgé qu'il n'en avait l'air au premier coup d'œil. Mais ce fut sa voix qui le trahit, une voix cassée, affaiblie, chevrotante de vieil homme, quand il parla :

— Asseyez-vous, je vous en prie, monsieur le commissaire, inspecteur... Puisqu'on me dit qu'il s'agit d'un entretien informel...

— Mais tout à fait, monsieur le vicomte, l'inspecteur Djemani et moi-même vous remercions de bien vouloir nous accorder quelques minutes.

Leila fut incapable de discerner si le ton était ironique, alors que Jean-Pierre Foucheroux poursuivait, tout en s'asseyant sur l'une des chaises capitonnées au gracieux dossier arrondi :

— Nous aimerions retracer les mouvements de Mme Bertrand-Verdon pendant la journée d'hier et c'est la raison pour laquelle nous venons vous importuner.

— Je comprends, commissaire, je comprends, dit M. de Chareilles. Vous accomplissez votre devoir. Faisons au plus vite... J'ai vu Adeline deux fois hier. En début d'après-midi, à la Maison de Tante Léonie, et ensuite au dîner du Conseil, à l'auberge du Vieux-Moulin.

— Et que faisait-elle à la Maison de Tante Léonie?

— Mille choses, comme toujours. C'était une jeune femme très occupée. Je l'y ai rencontrée vers deux heures, au moment où elle arrivait de Paris. J'étais moi-même à la Moisanderie depuis deux jours et nous avions quelque chose à discuter... Il s'arrêta brusquement. Notre conversation n'a pas duré longtemps, car Adeline était en fureur contre sa secrétaire.

— Savez-vous pourquoi? demanda le commissaire Foucheroux, sans avoir besoin de vérifier que Leila, assise en retrait derrière lui, notait mot à mot tout ce que disait le témoin.

— Une question de clés, je crois. Je vous avoue que je n'ai pas bien suivi. Nous avions à décider... Nous nous demandions si nous devions annoncer...

— Vos projets de mariage, lui fut-il soufflé pour l'aider.

— Ah! vous savez, dit M. de Chareilles d'une voix lasse. Il s'agissait plutôt de fiançailles. Adeline était plus jeune que moi, plus impatiente. Mais très cultivée, très agréable et si vive. Elle venait d'une bonne famille. Elle m'a expliqué qu'elle descendait en droite ligne de Victoria Richelet Verdon, qui fut l'épouse d'un Charleville. Cette personne était la grand-mère d'une femme écrivain du XIXe siècle, installée en Louisiane, et auteur d'un petit roman qui a eu quelque succès à la fin du siècle dernier. Kate Chopin, vous connaissez?

— Oui, j'ai lu *L'Éveil*, répondit automatiquement le commissaire Foucheroux, pendant que la voix mélodieuse de Clotilde se surimposait à la conversation « Comment Pierre, tu ne connais pas *The Awakening* de Kate Chopin? Mais c'est scandaleux ça! *Madame Bovary* à l'américaine. Un petit chef-d'œuvre. J'adore la fin, il faut absolument que tu le lises. » Il l'avait lu.

166

Leila, consciente de sous-courants qui lui échappaient complètement, attendit en silence que son supérieur reprenne la direction des opérations.

– C'est un nom de quelle région, Verdon ? s'enquit-il, jouant le jeu.

– Il y a les gorges de la rivière qui baigne Castellane-Gréoulx, bien entendu, mais dans le cas qui nous occupe, nous parlons de Verdon-sur-Mer, en Gironde. Ça, c'était du côté de sa mère. Du côté de son père, les Bertrand, c'est autre chose, évidemment.

Interdite, Leila l'écouta, avec un étonnement grandissant, fournir les explications suivantes :

– Il ne s'agit pas de la famille de Bertrand de Born, le troubadour, dit M. de Chareilles, ni, grâce au Ciel, du général d'Empire, mais de celle du mathématicien, Joseph, et de son fils, Marcel-Alexandre. Adeline portait les deux noms, par respect pour la mémoire de sa mère et pour afficher une petite tendance « féministe », car elle aimait provoquer... En tout cas, elle songeait à fonder une nouvelle société littéraire, l'Association Kate Chopin, dont elle assurerait la présidence. Elle avait toujours tant de projets...

Leila ne put s'empêcher de penser à la fée Clochette, qui, dans l'histoire de Peter Pan, répand du bout de sa baguette magique sa poudre d'étoiles sur les yeux éblouis des enfants. C'était comme si Adeline Bertrand-Verdon avait jeté de la poudre aux yeux de cet homme qui n'était pas sot, qui était cultivé, qui avait de la dignité et disait avec une indiscutable sincérité :

– J'aimais vraiment Adeline, commissaire, et sa mort me désole au-delà des mots.

Jean-Pierre Foucheroux dut trouver, lui, les mots permettant de blesser le moins possible son interlocuteur.

— Nous compatissons à votre perte, monsieur, et sommes persuadés que vous ferez tout ce qui est en votre pouvoir pour nous permettre d'arrêter la personne responsable de sa disparition.

— Je ne peux pas croire... commença M. de Chareilles. Elle avait une faiblesse pour les jeux de mots, les citations... Hier soir, elle était particulièrement en verve...

— C'est la dernière fois que vous l'avez vue?

— Hélas! soupira M. de Chareilles. Je l'ai quittée au bas de l'escalier, quand on m'a annoncé que le chauffeur de M. de la Moisandière m'attendait à la porte, à dix heures.

— Vous êtes donc parti le premier, interrogea doucement le commissaire en jetant un regard d'intelligence à son inspecteur.

— Mais, je le crois, oui, puisque les autres membres du Conseil et M. Rainsford logeaient sur place.

— Et vous ne savez pas si Mme Bertrand-Verdon devait voir quiconque par la suite?

— Je vous affirme bien que non, commissaire. Elle m'avait dit ne pas vouloir être dérangée, ayant des détails de dernière minute à régler pour la réunion.

« Ne pas vouloir être dérangée », les mots exacts de Philippe Desforge! Au léger changement de position de Leila sur sa chaise cannelée, Jean-Pierre Foucheroux devina qu'elle avait établi le même rapprochement.

— Adeline ne mentait jamais, affirma M. de Chareilles.

Malgré toute l'aversion qu'il ressentait pour ce qu'il allait devoir faire, Jean-Pierre Foucheroux se tourna vers Leila et dit simplement :

— Inspecteur...

Elle comprit ce qu'il attendait d'elle et s'exécuta en disant d'une voix égale :

— Il semble qu'il y ait un malentendu sur un ou deux points. Le nom Bertrand, par exemple. Adeline Bertrand était née Verdon...

M. de Chareilles eut un regard perplexe.

— Verdon était le nom de sa mère et Bertrand celui de son père, comme je vous l'ai expliqué. C'est ce qu'elle m'a toujours laissé entendre.

— Ce n'était pas exactement le cas, poursuivit Leila, avec autant de ménagement que possible. Et, ne voyant pas d'autre issue : elle était née Verdon, épouse Bertrand.

— Épouse Bertrand? s'écria M. de Chareilles. Elle était veuve?

— Non.

L'adverbe de négation fut prononcé avec quelque chose qui ressemblait à du regret par Jean-Pierre Foucheroux.

— Vous ne voulez pas dire... Elle n'était pas... M. de Chareilles ne put continuer.

— Je crains que si, dit le commissaire. Elle était divorcée.

— Mais c'est impossible, protesta le vicomte avec force. Ou alors il y a eu annulation. Elle savait pertinemment... Elle n'aurait pas...

— Je crains que si, répéta Jean-Pierre Foucheroux. Le mariage a eu lieu à la mairie de Nemours. La messe a été célébrée en l'église Sainte-Marie-des-Champs. Nous avons la copie du jugement de divorce... Inspecteur... dit-il à l'adresse de Leila.

Mais avant qu'elle ne pût faire le moindre geste, M. de Chareilles dit d'une voix à peine perceptible, tout en se levant :

— C'est inutile. Je ne veux pas le voir. Si vous voulez bien m'excuser...

Et il se dirigea d'un pas incertain vers la porte, le

souffle court, deux marques rouges sur ses joues blêmes, un tic nerveux et irrépressible tordant grotesquement le coin gauche de ses lèvres pincées. Dans sa précipitation, il laissa tomber, sans s'en rendre compte, la pochette assortie à sa cravate.

— Il n'était pas au courant, conclut Jean-Pierre Foucheroux, en ramassant avec précaution le carré de soie.

— Et donc il n'avait pas de mobile, compléta Leila.

— Ni l'opportunité si le chauffeur l'a vraiment ramené directement ici et qu'il y ait des témoins pour jurer qu'il n'est pas ressorti...

— À moins que nous ne soyons en face d'un autre grand acteur, mais...

La phrase fut interrompue par l'arrivée soudaine de M. de la Moisandière, qui dit d'une voix retentissante :

— Je vous félicite, commissaire. Grâce à vous et à votre inspecteur, M. de Chareilles, qui a toujours eu le cœur fragile, est au bord de la crise d'apoplexie. Quand ils seront mis au fait de vos méthodes inqualifiables, vos supérieurs seront sûrement satisfaits de la manière dont vous menez vos enquêtes. Puis-je vous demander...

— Nous allions partir, interrompit calmement Jean-Pierre Foucheroux. Veuillez nous faire savoir quand M. de Chareilles sera en état physique et mental de signer sa déposition de sorte que nous puissions vous envoyer un agent de la Police judiciaire pour dresser le procès-verbal. Et ne prenez pas la peine de nous faire raccompagner... Inspecteur...

Leila Djemani avait déjà fermé son carnet de notes, s'était levée et, avec un « monsieur » accompagné d'un respectueux mouvement de la tête quand elle passa devant M. de la Moisandière, suivit le commissaire Foucheroux qui s'éloignait à grandes enjambées maladroites, le visage fermé, le regard impénétrable. Il ne dit pas un mot durant tout le trajet de retour et répondit par un unique « possible » à l'exclamation de Leila : « On dirait la voiture du professeur Verdaillan! » quand elle aperçut un véhicule griller allègrement un stop au croisement de quatre routes. Au moment où ils arrivèrent en vue du village, il lui ordonna seulement : « À la gendarmerie. »

XVIII

Il ne fut guère facile, en effet, de trouver la ferme
Teissandier, malgré la carte et les explications volu-
biles fournies par la propriétaire du Café de la
Gare. Après avoir coupé deux fois la route nationale, le professeur Verdaillan s'engagea sur une route
départementale trop rapidement pour que Gisèle puisse
en vérifier le numéro sur les bornes kilométriques.
Il prit ensuite un chemin communal qu'il crut être
le bon et qui les conduisit au bord d'une mare grisâtre autour de laquelle de mélancoliques corneilles
perchées en grappes noires sur les branches nues
des peupliers croassèrent bruyamment contre cette
intrusion.

Faisant un demi-tour excédé, qui entraîna un minuscule éclaboussement, Guillaume Verdaillan refit le chemin en sens inverse, prit la direction du nord, tourna
sur un autre chemin communal remarquablement semblable au premier et déboucha sur une impasse d'un
autre genre, un hangar abandonné, affichant fièrement
sur sa porte battante : « Propriété privée. Défense d'entrer ».

— Mais où diable sommes-nous ? éclata-t-il. Une carte

est complètement inutile si elle ne différencie pas un chemin d'un autre !

Gisèle n'avait pas un sens de l'orientation irréprochable mais elle connaissait un peu la région et suggéra de rejoindre l'embranchement de la route nationale pour tourner ensuite au second croisement indiqué sur le plan schématique qui leur servait de guide.

Après avoir tourné en rond une bonne demi-heure — chose paradoxale dans une région où tout est rectilignement découpé en rectangles et en carrés — ils arrivèrent enfin à l'intersection de trois chemins vicinaux où un vieux panneau en bois indiquait la direction de Lamousse.

— Nous sommes ici, avança timidement Gisèle en montrant une croix bleue sur la feuille de papier dépliée devant elle.

— Je le vois bien, dit le professeur Verdaillan avec mauvaise foi.

Et avec un ultime coup d'accélérateur qui fit trembler un maigre bosquet, il fonça en direction d'une des habitations isolées, dont le toit rouge vif rappela à Gisèle les petites maisons en plastique qu'on achète et qu'on vend dans le jeu de Monopoly.

La ferme elle-même était composée de deux bâtiments distincts, en torchis, et d'un immense silo. Au moment où ils descendirent de la voiture, un bouvier des Flandres, attaché à une chaîne, se mit à aboyer férocement. Au même instant, la porte du milieu du bâtiment central s'ouvrit sur une petite fille en tablier bleu et aux nattes en désordre, qui lança d'une voix autoritaire :

— Chani, tais-toi, tu vas réveiller Albert.

D'un seul coup d'œil, elle jaugea les fins souliers de la jeune femme et le costume à rayures de l'homme qui

173

l'accompagnait et, avec le sérieux presque comique des enfants investis de responsabilités d'adultes, constata :

– Vous êtes de la ville.

– De Paris, précisa le professeur Verdaillan sans la moindre trace d'humour. C'est bien la ferme Teissandier ?

– Oui, répondit-elle. Vous venez pour l'assurance ?

– Euh ! Non, dit Guillaume Verdaillan un peu interloqué par l'aplomb de cette jeune personne. C'est-à-dire... Nous voudrions parler à Albert.

– Mon frère n'est pas là, prétendit l'enfant en détournant les yeux et en tortillant un des coins de son tablier.

– Mais tu viens de dire au chien... Se rendant compte de l'absurdité de ses paroles, le professeur Verdaillan s'arrêta net.

Gisèle intervint alors en demandant avec une grande douceur :

– Comment t'appelles-tu ?

– Élodie, répondit la petite fille.

– C'est un joli nom, Élodie. On dirait de la musique. Tes parents ne sont peut-être pas là ?

Élodie hésita un instant, fit non de la tête et finit par dire :

– Ils sont à Courville. Et précipitamment, elle ajouta, comme une leçon bien apprise : ils vont revenir tout de suite.

– Et tu n'es pas à l'école ? s'étonna gentiment Gisèle.

– C'est parce que j'ai eu les oreillons, expliqua l'enfant, alors que le professeur Verdaillan faisait un pas en arrière. Et la nuit dernière j'ai eu une crise d'asthme à cause...

Impatienté par ces préliminaires et peu désireux d'écouter la liste complète des maladies infantiles de la

174

famille Teissandier, l'universitaire voulut brusquer les choses et interrompit d'un ton sévère :

– Il est extrêmement important que nous parlions à Albert. Pouvons-nous entrer ?

Le visage d'Élodie se ferma instantanément et elle se serait vraisemblablement barricadée derrière la porte si Gisèle n'avait pas eu la présence d'esprit d'agiter devant ses yeux la plus vieille tentation du monde :

– Tu veux un bonbon ?

Elle avait tiré de son sac une boîte de pastilles acidulées, et soulevé le couvercle doré. Tout en déclarant : « Je préfère les Carambar », Élodie prit entre deux doigts tachés d'encre une petite boule verte qu'elle espérait à la menthe, après avoir longuement hésité entre deux rouges, dont elle ne pouvait décider si elles étaient parfumées à la cerise ou à la framboise.

– Tu peux garder la boîte, dit Gisèle, touchée par la maîtrise de soi que supposait, de la part de l'enfant, ce choix cornélien.

Sa générosité lui valut un « merci » accompagné d'un sourire rayonnant et suivi d'un brusque :

– Vous pouvez entrer.

N'en croyant pas ses oreilles, un peu vexé du succès remporté si facilement par Gisèle, le professeur Verdaillan murmura entre ses dents : « C'est une thèse de psychologie de l'enfant que vous auriez dû faire, mademoiselle Dambert », tout en s'avançant vers la porte.

– Pas vous. La demoiselle, lui fut-il intimé sur un ton sans réplique.

Il eut la sagesse de reconnaître, dans la voix déterminée d'Élodie, les échos de l'inébranlable obstination de l'enfance offensée et capitula en lançant à Gisèle :

– Je serai dans la voiture. Venez me chercher quand...

— Certainement, promit un peu trop vite la jeune femme, tout en franchissant le seuil de la ferme à la suite d'Élodie.

Éclairée par deux fenêtres sur le bord desquelles s'épanouissaient de tardifs géraniums, la grande pièce dans laquelle elle pénétra était visiblement le cœur de la maison. Une énorme table de chêne, entourée de huit chaises paillées, en occupait le centre. Le vieil évier était égayé par une frise de carreaux en faïence bleus et blancs et la banalité des appareils ménagers se faisait oublier grâce à la présence d'une immense cheminée en pierre où rougeoyaient des bûches crépitantes. Une bonne odeur de pain chaud imprégnait tous les objets et Gisèle répondit sans réserve par l'affirmative à la question qui lui fut posée :

— Vous voulez du café?

Élodie ouvrit un vaste placard, en tira un bol et une boîte en fer qui contenait des morceaux de sucre, sortit une cuiller d'un tiroir et posa le tout sur la table avant de verser avec application une généreuse rasade de liquide noir d'une cafetière chantonnante.

— Merci, dit Gisèle. Et avec un sourire complice, elle ajouta : il faut en laisser un peu pour Albert.

L'enfant lui rendit son sourire et chuchota :

— Il dort. Je le garde.

« De quoi? » pensa involontairement Gisèle, tout en poursuivant :

— Il est malade?

— Il a eu un accident, expliqua Élodie en fronçant des sourcils délicatement dessinés au-dessus de ses yeux bruns, qui rappelaient ceux d'un écureuil. Maman lui a donné une tisane endormissante.

À cet instant précis, le regard de Gisèle tomba par

176

hasard sur le dessin qu'Élodie aurait vraisemblablement fini si elle n'avait pas été interrompue par les aboiements du chien. Il représentait un homme masqué, tout en noir, au milieu d'un faisceau de rayons jaune vif, en train de brandir un long poignard au-dessus d'une forme terrassée à ses pieds. À l'arrière-plan, on distinguait les roues renversées d'une bicyclette rouge, un mince croissant de lune et deux petites étoiles. Prise d'une intuition soudaine, Gisèle comprit la situation en un éclair.

— Tu dessines bien, Élodie, parvint-elle à articuler sur un ton naturel. C'est Albert ? demanda-t-elle en désignant du doigt la silhouette abattue.

— Oui, avoua la petite fille. Mais c'est un secret. Il a peur que l'homme en noir le tue. Je l'ai entendu raconter toute l'histoire à Christian cette nuit.

— Christian ? répéta Gisèle sans comprendre.

— Mon autre frère qui travaille à Chartres, expliqua laconiquement Élodie, tout en ajoutant à son dessin quelques étoiles supplémentaires avec un crayon à la mine argentée.

Gisèle se sentit pâlir et fut soudain saisie d'une grande frayeur. Les pensées les plus folles lui traversèrent l'esprit et elle eut grand mal à conserver un calme relatif devant le regard confiant d'Élodie, levé à nouveau vers elle. Elle se força à lui sourire, ne voulant pour rien au monde communiquer la moindre parcelle de ses angoisses à cette petite fille sérieuse et douée pour le dessin. Il y avait indéniablement de l'humour et du talent dans la composition, le choix des couleurs, la candeur du pastiche. Comme tous les grands artistes, Élodie avait réussi à rendre compte, à sa façon à elle, de l'expérience d'autrui. La terreur qu'avait dû ressentir son frère, au moment où il avait été agressé, jaillissait toute vive de quelques traits de crayon et se transmettait comme par magie aux yeux du spectateur. Gisèle ne douta pas un instant que l'incident fût lié aux cahiers disparus et comprit brutalement que les cahiers étaient eux-mêmes liés au meurtre d'Adeline Bertrand-Verdon. L'assassin était ce mélange de Zorro, de Batman et de Fantômas, transformés en un unique antihéros par l'imagination de la petite sœur d'Albert! Soudain, inexplicablement, le visage de Guillaume Verdaillan se glissa sous le masque, s'imposa dans le rôle. En y réfléchissant bien, il n'avait pas paru surpris outre mesure quand elle lui avait parlé des cahiers de 1905 et son insistance à l'accompagner ensuite au Café de la Gare n'était pas vraiment normale. Non plus que la manière dont il s'était « perdu » sur les routes de Beauce... pour bien montrer qu'il ne connaissait pas le chemin de la ferme Teissandier. Gisèle chancela sous le choc de cette hypothèse. Si elle se vérifiait, ils étaient tous les trois en danger, Élodie, Albert et elle.

— Vous êtes fatiguée? interrogea la claire voix d'Élodie à l'instant même où trois coups hargneux étaient frappés à la porte.

— Ne réponds pas, lui ordonna instinctivement Gisèle. Allons voir Albert. Vite...

Quelque chose d'urgent, dans le ton de sa voix, persuada Élodie d'obéir sans poser de questions. Elles quittèrent la chaleur de la cuisine pour s'engager dans un long couloir au bout duquel se trouvaient plusieurs portes closes. Élodie frappa à la dernière, en appelant d'une voix pressante :

— Albert! Albert!

Ne recevant aucune réponse, elle tourna le loquet de la porte, qui s'ouvrit sans la moindre résistance sur une chambre d'adolescent où régnait le plus grand désordre agrémenté d'une persistante odeur de chaussures de tennis, et dont les murs étaient couverts, en quantité égale, d'affiches représentant des chanteurs de rock and roll et des pin-up en mini-maillots de bain, dans des poses suggestives. Le lit était froissé, défait et vide. L'unique fenêtre était ouverte. Albert avait pris la clé des champs.

– Oh! fit seulement Élodie, en cherchant la main de Gisèle. Il est parti!

Elles échangèrent un regard perplexe mais elles n'eurent pas le loisir de s'interroger davantage car leur parvint alors, étouffé mais parfaitement reconnaissable, le bruit caractéristique d'une détonation.

Affolée, Élodie détacha ses doigts de ceux de Gisèle et courut dehors en criant : « Albert! Albert! » malgré les efforts désespérés de la jeune femme pour la retenir.

Elles arrivèrent en même temps dans la cour de la ferme où un spectacle tragi-comique les attendait. Au milieu des aboiements furieux de Chani qui tirait sur sa chaîne et manifestait tous les signes extérieurs de la bête enragée, un dialogue de sourds s'était engagé entre Guillaume Verdaillan, appuyé les mains en l'air contre l'aile avant gauche de sa voiture, et un jeune homme roux, au visage livide de colère, qui le tenait en joue avec un fusil de chasse, en hurlant qu'on ne le surprendrait pas une seconde fois.

– Une seconde fois? essaya de placer le professeur en détresse. Une seconde fois? Qu'est-ce que vous voulez dire? Je ne vous ai jamais vu!

– Ah! vous ne m'avez jamais vu, ricana Albert. Et apercevant Élodie et Gisèle apparues sur le seuil, il cria d'une voix angoissée :

– Lodie, viens ici.

Partagée entre des émotions contradictoires, effrayée par la fureur évidente de son frère, Élodie regarda alternativement Gisèle, Guillaume Verdaillan et Albert et, dépassée par la situation, fondit en larmes.

— Lodie, n'aie pas peur, viens ici, répéta Albert. Et vous, allez à côté de lui, hurla-t-il à l'adresse de Gisèle en désignant le professeur Verdaillan du bout de sa carabine.

Gisèle serra doucement l'épaule d'Élodie et la poussa en avant en lui disant avec un brave petit sourire :

— Fais ce que veut ton frère.

Et elle alla se placer à côté de Guillaume Verdaillan, qui lui annonça sans ménagement qu'ils étaient à la merci d'un déséquilibré mental.

— Ce jeune homme est fou ! Fou à lier, murmura-t-il dans sa barbe.

— Je ne crois pas, dit à mi-voix Gisèle.

— Comment expliquez-vous...

— Assez de palabres, interrompit Albert, rassuré par la présence d'Élodie, en sécurité à ses côtés. Je veux savoir comment vous m'avez trouvé et ce que vous voulez exactement.

— Tout est de ma faute, s'empressa d'expliquer Gisèle. C'est à cause de mon sac...

— Ah ! C'est à cause de votre sac que ce pingouin a failli me tuer hier soir, s'écria-t-il en agitant légèrement le canon de son arme. Mais qu'est-ce qu'il y a donc dans votre sac, des lingots d'or ?

Ledit pingouin ne pipa mot. Gisèle fit non de la tête. Élodie commença d'une toute petite voix « Albert... »

— Quand je pense que j'ai pris ce fichu sac pour rendre service à Émilienne, tempêta amèrement le jeune homme.

C'est contre les ordres des patrons de servir de consigne aux clients!

— Justement, c'est votre patronne qui nous a expliqué où vous trouver, intervint Gisèle. Elle nous a fait une carte. Je peux vous la montrer, elle est dans la voiture.

— Ne bougez pas! cria Albert, qui avait toujours l'index sur la gâchette. Lodie, va voir, dit-il à sa sœur.

La petite fille s'exécuta, fit le tour de la *Renault* et aperçut, posée sur le siège avant la feuille de papier à l'en-tête de l'Hôtel de Guermantes, sur laquelle était tracé un plan grossier des environs.

— C'est vrai, Albert, lui cria-t-elle. Et tout bas, à Gisèle : ne vous inquiétez pas, il n'est pas méchant.

— Je suis désolée de vous avoir causé involontairement tous ces ennuis, s'excusa la jeune femme. C'est qu'il y a des papiers importants pour mon travail dans ce sac et vous êtes le seul...

— Eh bien, à l'heure qu'il est, ils doivent être en Italie vos papiers!

— En Italie? dirent en chœur Gisèle et le professeur Verdaillan.

Devant leur ahurissement et leur sincérité évidente, Albert baissa un peu le bout de son fusil et expliqua en détails, pour la deuxième fois, mais dans un rapport de force inversé, ce qui était vraisemblablement arrivé au sac en question. Au fur et à mesure qu'il parlait, le professeur Verdaillan donnait des signes évidents de détente et de ragaillardissement, alors que Gisèle, au contraire, se crispait de plus en plus. Quand le jeune homme se tut, elle eut une réaction nerveuse qu'elle ne put contrôler : comme Élodie quelques minutes auparavant, elle se mit à pleurer. « La fontaine », murmura dans le vent la voix malicieuse d'Yvonne. « La fontaine. »

– Albert, regarde ce que tu as fait, s'indigna alors Élodie, tandis que dans le lointain se faisait entendre le roulement caractéristique d'un véhicule qui s'approchait.

– Déguerpissez! décida brusquement le jeune homme en baissant complètement son fusil. Et que je ne vous revoie plus!

– Nous pourrions porter plainte, grommela le professeur Verdaillan juste assez fort pour être entendu, dès qu'il se sentit en sécurité derrière son volant.

– Un moment, attendez, supplia Élodie, qui vola comme une flèche vers la porte ouverte de la cuisine et en ressortit deux secondes plus tard, un bout de papier à la main. Et, en tendant son dessin à Gisèle, qui avait baissé la vitre de sa portière, elle dit avec un grand sourire satisfait : « En souvenir... »

*

Aux voisins venus aux nouvelles, Albert expliqua tranquillement qu'il avait tiré en l'air pour disperser une bande de corbeaux. Et à leurs plaisanteries curieuses sur l'événement que constituait la visite de Parisiens, il répondit seulement : « Le diable les emporte! »

Chani fit entendre un jappement d'approbation avant de regagner sa niche, gratifié par les trois « bon chien » et les râles caresses que lui avait prodigués son maître, peu enclin d'habitude à ce genre de manifestation.

*

Dans la voiture, Gisèle resta silencieuse. Elle nota à peine la vieille camionnette qu'ils croisèrent en repartant, le stop qu'il brûla, le petit air qu'il chantonnait inconsciemment, par nervosité, lèvres fermées, alors qu'il tentait d'affecter le détachement du stoïcien qui a triomphé de l'épreuve. Elle ne pouvait penser qu'aux cahiers perdus une seconde fois, définitivement sans doute... Et à ce que cela voulait dire. Aussi fut-elle complètement prise au dépourvu quand Guillaume Verdaillan ralentit brusquement, prit un chemin non goudronné et s'arrêta en rase campagne, en lui déclarant sans ambages, tout en allumant une cigarette :

– Il est temps d'accorder nos violons, mademoiselle Dambert.

XIX

Au moment où le commissaire Foucheroux et l'inspecteur Djemani entrèrent dans la gendarmerie, Bernard Tournadre, assis à son bureau, griffonnait fréné-
tiquement sur un bloc-notes, un écouteur téléphonique
posé en équilibre sur l'épaule gauche. Il leva les yeux
et, les apercevant, prononça d'un ton soulagé :

– Ah! justement, le voici.

Et faisant signe à Jean-Pierre Foucheroux de s'approcher :

– Le laboratoire...

Une voix officielle résuma à son profit les premiers
résultats de l'autopsie d'Adeline Bertrand-Verdon. La
mort était intervenue aux alentours de vingt-trois heures,
le jour précédent. Elle avait été provoquée, instantanément, par un unique coup, violemment porté à la
tempe droite, par une personne de taille semblable ou
supérieure à celle de la victime, à l'aide d'un objet en
plâtre. On avait relevé les traces d'une forte dose de
somnifère – Halcion, vraisemblablement – mélangée à
celles de divers antidépresseurs et un taux d'alcool rela-
tivement élevé. Il y avait aussi des traces de desquamation à droite le long du cou et sur le poignet gauche.

Autrement, le sujet ne présentait pas de signes particuliers, sauf une grossesse non menée à terme et une appendicectomie remontant à une vingtaine d'années. Le groupe sanguin était O⁻. S'il n'y avait pas d'autres questions, le rapport écrit serait envoyé immédiatement.

— C'est cela, je vous remercie, répondit le commissaire Foucheroux en raccrochant le combiné. Et se tournant vers l'adjudant :

— Les premières conclusions de Meynadier sont confirmées, dit-il. Laissez-moi vous présenter l'inspecteur Djemani...

Ignorant volontairement la lueur de surprise qui traversa un instant le regard de Bernard Tournadre, Leila lui tendit une main amicale, tandis que son supérieur précisait la suite des événements :

— J'ai demandé à Gisèle Dambert de nous rejoindre ici à treize heures et au professeur Verdaillan de venir faire sa déposition. Ça ne vous ennuie pas qu'on établisse les procès-verbaux ?

— Mais pas du tout, commissaire. Duval est à votre disposition. C'est lui qui a les plus grands talents de dactylographe. Comme vous le voyez, notre équipement n'est pas des plus modernes, plaisanta l'adjudant en jetant un coup d'œil non dénué de ressentiment à une machine à écrire manuelle.

À cet instant, le professeur Rainsford, brandissant une feuille de papier bleu, fit une intrusion remarquée dans le bureau de la gendarmerie :

— Ah ! commissaire, je vous trouve enfin, dit-il sur un ton de reproche essoufflé. Je viens de recevoir un télégramme de mon frère, me rappelant immédiatement aux États-Unis. Un décès imminent dans ma famille...

— Vous m'en voyez désolé, répondit courtoisement

Jean-Pierre Foucheroux, tout en lisant les mots « *Granny dying. Come home immediately. Bob.* » Votre grand-mère est souffrante depuis longtemps?

— Elle a eu une attaque il y a quelques mois et je suis fort inquiet à son sujet, commissaire. Son état a dû empirer, comme je le craignais...

— C'est vraisemblable, consentit le commissaire Foucheroux. Je ne pense pas qu'il y ait de problèmes à vous laisser quitter le territoire français demain ou après-demain au plus tard.

— Demain ou après-demain s'indigna le professeur américain. Mais j'avais l'intention de regagner Paris tout de suite et de prendre le premier avion pour Boston. J'ai réservé une place sur le vol de 18 h 30!

— C'est fort regrettable mais il va falloir annuler, monsieur Rainsford. Vous êtes au milieu d'une enquête criminelle et il m'est impossible de vous permettre, en tant que témoin, de quitter les lieux. En fait, j'aurai besoin d'avoir votre déposition officielle dès qu'il nous sera possible de vous entendre. Disons dix-sept heures si vous voulez bien...

— Ce que je veux, c'est téléphoner à mon consulat, hurla Patrick Rainsford, rouge de colère, le cheveu en bataille et passant brusquement à sa langue natale pour protester avec véhémence contre cette violation de ses *civil rights.*

— Mais c'est votre droit. La poste est à deux rues d'ici sur votre gauche, l'informa aimablement le représentant imperturbable de la justice française.

Dès qu'il fut sorti, l'adjudant Tournadre laissa échapper un petit sifflement réprobateur et fit remarquer :

— Voilà un Américain qui a perdu le légendaire flegme britannique!

186

— Vous croyez que le meurtre a été commis sous un coup de folie passagère? demanda alors Leila.

— Par un aliéné mental? renchérit Tournadre.

— C'est possible. Étant donné les circonstances, il ne semble pas que nous ayons affaire à un crime prémédité, analysa Jean-Pierre Fouche oux. Quant à l'aliénation mentale, le seul indice que nous ayons jusqu'ici est un cas aigu de ce que Freud appelle le « roman familial », dont souffrait apparemment la victime. La priorité, maintenant, c'est de trouver l'arme du crime... Il consulta sa montre et reprit : je suis presque tenté de retourner sur les lieux. Inspecteur Djemani?

Leila fit un mouvement d'approbation tandis que Jean-Pierre Foucheroux s'assurait auprès de l'adjudant qu'il ferait patienter Gisèle Dambert pour le cas où ils auraient quelques minutes de retard.

Quand ils arrivèrent à la Maison de Tante Léonie leur parvinrent, du couloir de l'entrée, les échos d'une dispute entre une personne d'un certain âge, aux cheveux grisonnants relevés en chignon, et un petit jeune homme boutonneux :

— Mais puisque je vous dis que je l'avais rentrée, madame Émilienne, protestait-il vainement.

— Arrête tes menteries, Théodore, lui fut-il vertement répliqué. Elle était dehors hier matin. Je l'ai vue en arrivant. Ne me dis pas le contraire!

— Peut-être qu'elle était dehors hier matin mais je l'avais rentrée la veille au soir, comme vous me l'aviez dit. Même que j'ai demandé à la secrétaire où la mettre et elle me l'a fait monter dans le bureau, persista Théodore.

— Dans le bureau! Voilà autre chose! On ne la serre jamais dans le bureau. On...

Émilienne s'arrêta net en apercevant deux étrangers envahir son territoire et dit d'un ton courroucé :

— Si c'est pour la visite, c'est trop tôt. Revenez à deux heures trente.

— Ce n'est pas exactement pour une visite, la détrompa immédiatement le grand monsieur mince. Je suis le commissaire Foucheroux et voici l'inspecteur Djemani. Vous êtes sans doute Émilienne Robichoux. C'est vous qui avez découvert...

Mais Émilienne, qui avait retrouvé ses esprits, n'entendait pas qu'on lui rappelle si brutalement le souvenir de sa « macabre découverte » et après avoir ouvert deux fois une bouche arrondie par la surprise de voir à quoi ressemblait aujourd'hui un inspecteur de police, elle déclara sur un ton de dignité outragée :

— J'ai déjà fait ma déposition à la gendarmerie.

— Je l'ai lue avec grand intérêt, madame Robichoux, l'assura aussitôt le commissaire, et j'avais justement quelques compléments d'information à vous demander, si cela ne vous ennuie pas.

— Ce n'est pas bien le moment, lui répondit Émilienne, un peu radoucie. Vu qu'il faut préparer le bas pour la visite et qu'on ne peut pas compter sur la jeunesse, ajouta-t-elle avec un regard vindicatif en direction de Théodore.

— Si vous n'avez plus besoin de moi, commença ce dernier.

— Comment, si je n'ai plus besoin de toi ! rugit Émilienne. Avec ma sciatique ! Mais si, j'ai besoin de toi pour rentrer la statue. Enfin, pas maintenant, après la visite, admit-elle de mauvais gré. Reviens à cinq heures.

Et tandis que le jeune homme s'esquivait, avec un timide « M'sieurs Dames ! », heureux de s'en tirer à si

188

bon compte, Émilienne leva les yeux au ciel, haussa les épaules et soupira :

— Ah! ces jeunes! Tous un poil dans la main! De mon temps...

Se souvenant brusquement qu'elle était en présence de représentants de la loi, elle coupa court à l'évocation nostalgique de tous les travaux non déclarés auxquels s'étaient livrés autrefois les membres de sa famille.

— Où voulez-vous qu'on se mette? demanda-t-elle sans façons. Dans la salle de réception?

— Mais oui, pourquoi pas? approuva le commissaire Foucheroux en lui emboîtant le pas, alors qu'elle poussait sans plus attendre une porte qui donnait sur une pièce aux murs tristes, contenant deux bibliothèques remplies à craquer des traductions de l'œuvre de Proust dans toutes les langues. Au milieu de la salle, une grande table, sur laquelle s'étalaient des dépliants touristiques, des échantillons de cartes postales, des portraits en couleurs de l'écrivain enfant, jeune homme et sur son lit de mort, faisait office de bureau et de caisse. Une petite affiche discrète indiquait le prix de la visite et une pile de bulletins d'adhésion à la Proust Association était mise en évidence, dans l'espoir transparent de transformer le visiteur occasionnel en membre permanent. Aux murs, une reproduction de la *Vue de Delft* de Vermeer voisinait avec une interprétation moderne du *Temps perdu*, par un peintre dont le nom était indéchiffrable et qui risquait fort de le demeurer à tout jamais. Par contraste, de très belles photographies en noir et blanc des lieux proustiens, signées F-X B., donnaient une idée assez exacte de ce qu'une interprétation originale du livre de Proust pouvait inspirer à un autre artiste. *« Un univers de plus »*, cita à mi-voix Jean-Pierre Foucheroux, se souvenant d'une conversation avec Marylis. Et revenant à la réalité présente :

— Voudriez-vous nous dire, chère madame, quand vous avez vu la présidente pour la dernière fois ?

— Vu, répéta Émilienne. Vous voulez dire avant... Vous voulez dire vivante... Permettez que je prenne une chaise, ajouta-t-elle en se posant sur l'un des six sièges inconfortables alignés le long des murs.

— Mais j'allais vous en prier, et nous allons faire de même, répondit-il en faisant un signe presque imperceptible à Leila et en avançant une autre chaise.

— Je ne peux pas dire que je l'aie vue avant-hier, commença Émilienne, mise en confiance par le petit cercle qu'ils formaient tout à coup. Je suis venue dans l'après-midi pour demander à la secrétaire de me faire une attestation d'heures supplémentaires. Avec ce temps, et tout ce monde... Je n'ai pas vu Mme Bertrand-Verdon mais je l'ai entendue... Émilienne hésita. Je n'ai pas vu Mlle Dambert non plus. Je les ai entendues... Ce n'est pas que je voulais espionner, vous comprenez, mais... c'est que... elles se disputaient.

— Vraiment, elles se disputaient ? dit le commissaire Foucheroux sans montrer trop d'intérêt, comme s'il doutait un peu des paroles qui venaient d'être prononcées.

Leila reconnut une de ses techniques favorites et attendit, en retenant sa respiration, qu'Émilienne protestât de sa bonne foi.

— Je n'ai pas l'habitude d'écouter aux portes, s'échauffa-t-elle, mais elles parlaient si fort qu'il était impossible de ne pas les entendre. D'ailleurs, quand je suis arrivée, Mlle Dambert sanglotait en disant : « C'est du vol. »

— « C'est du vol », vous êtes sûre ?

— Oui, c'est ce qu'elle disait. Et Mme Bertrand-Verdon

lui a crié qu'elle l'attaquerait en... en quelque chose en... tion.

– Diffamation? devina Leila.

– Diffamation, oui, c'est cela, poursuivit Émilienne sur sa lancée. Et elle lui a dit ensuite : « Ma pauvre Gisèle, entre votre parole et la mienne, qui croira-t-on, à votre avis? » Et Mlle Dambert a dit qu'il était dommage que les morts ne puissent pas parler et oh!... Émilienne porta brusquement sa main droite à sa bouche en comprenant ce que pouvaient impliquer ses mots. Je ne veux pas dire... Je ne répète que ce que j'ai entendu... Je ne sais pas ce qui s'est passé après parce que j'ai pensé que ce n'était pas le moment de les déranger avec mes heures supplémentaires et je suis repartie.

– Ce que vous nous dites là est extrêmement important, dit le commissaire Foucheroux d'un ton grave. Il se peut que vous ayez à témoigner...

– Oh! dit Émilienne soudain affolée à la perspective du tribunal, je ne veux de mal à personne... je...

– Nous comprenons tout à fait vos sentiments et nous vous remercions de votre collaboration. Nous ne ferons appel à vous que si c'est absolument nécessaire. L'inspecteur Djemani va simplement vous faire signer une feuille de papier pour vous éviter d'avoir à aller à nouveau à la gendarmerie. Autre chose, inspecteur?

– Mais non, rien d'important, répondit Leila, suivant la ligne qui lui avait été tacitement indiquée. Et en souriant, elle ajouta à l'adresse d'Émilienne : si vous voulez bien signer ici, après avoir lu...

– Je n'ai pas mes lunettes, biaisa Émilienne.

– Si ce sont des verres pour la lecture, il se trouve que j'en ai une paire dans mon sac, dit aimablement Leila. Voulez-vous que je vous les prête?

— Je peux toujours essayer, grommela Émilienne. Et prenant les lunettes qui lui étaient tendues, elle prétendit lire avec difficulté chaque ligne du procès-verbal que Leila avait établi et après avoir reniflé deux ou trois fois, hocha la tête et signa.

— Merci, lui dit le commissaire Foucheroux. Nous allons vous laisser à vos travaux, n'est-ce pas, inspecteur ?

— Certainement, acquiesça Leila et, prise d'une impulsion soudaine : aimeriez-vous que nous vous aidions pour la statue dont vous parliez ?

— Ah ! ce n'est pas la peine. Théodore reviendra à cinq heures. Et cette fois il la rentrera et pas dans le bureau, je vous le dis, avec le plâtre qui s'en va de tous les côtés...

Le commissaire Foucheroux et l'inspecteur Djemani échangèrent un regard où passa un mélange d'incrédulité, d'espoir et de subite jubilation. Avec précaution, il demanda :

— Où est cette statue ?

— Mais à sa place, au milieu du jardin, puisque Théodore ne l'a pas rentrée, comme il devait, bien qu'il mente comme un arracheur de dents ! Vous pouvez aller la voir, si vous voulez, moi j'ai à faire, conclut Émilienne en se levant.

Quand le commissaire Foucheroux et l'inspecteur Djemani se trouvèrent en face de la reproduction en plâtre d'une charmante petite baigneuse, par un des grands sculpteurs du XVIIIe siècle, ils ne prirent pas le temps de remarquer son genou gracieusement replié, la courbe élégante de ses épaules ni le sourire de sphinx qui retroussait ses lèvres. Ils virent seulement, sur ses pieds nus, une série de minuscules points brunâtres qui leur donnèrent l'intime conviction qu'ils avaient découvert l'arme du crime.

— Il faut qu'on l'envoie au laboratoire, tout de suite, murmura Jean-Pierre Foucheroux.

— Et qu'on se débrouille pour relever les empreintes digitales de tout le monde dans l'heure qui suit, je suppose, soupira Leila.

— Vous supposez bien, inspecteur Djemani. Au travail...

Quelques minutes plus tard, devant les yeux ébahis d'Émilienne, une équipe de trois experts gantés enveloppa, avec mille soins, la petite statue dans une grande toile blanche. Ils repartirent sans bruit, comme ils étaient venus, laissant, au milieu du parterre, un vilain petit trou brun.

XX

Gisèle était assise depuis plus d'une demi-heure dans une petite salle sans fenêtre, où un vieux radiateur diffusait une maigre chaleur. Elle se demanda si les autorités la faisaient ainsi attendre pour exacerber l'état d'angoisse dans lequel elle se trouvait, pour briser plus facilement sa résistance. Que savaient-ils? Qui avait parlé? Lequel de ses mensonges avait été percé à jour? Nerveusement, elle faisait et défaisait de petites nattes avec les franges de son châle. Elle avait pris tant de risques en même temps, incapable qu'elle avait été de faire front à deux crises simultanées, qui s'étaient retrouvées inextricablement enchevêtrées, par la faute d'Yvonne. Et comment allait-elle s'en sortir maintenant que le professeur Verdaillan lui avait extorqué la promesse de se taire? Gagner du temps. Il fallait gagner du temps pour réarranger la vérité. Faire comme si elle était innocente. Jurer qu'elle s'était engagée à aider André Larivière pour la visite qui devait avoir lieu dans moins d'une heure...

À la suite de l'épouvantable querelle qui l'avait opposée à Adeline, qui ne lui avait laissé aucun choix sauf celui de l'illégalité, Gisèle avait reçu en fin d'après-midi,

194

alors qu'elle essayait désespérément de mettre au point une contre-attaque, un coup de téléphone de sa sœur. Le fait était si exceptionnel qu'elle n'avait pas reconnu la voix décolorée qui demandait en balbutiant :

– Allô ? La Maison de Tante Léonie ? Pourrais-je parler à Gisèle Dambert, s'il vous plaît ?

– C'est elle-même, répondit Gisèle, intriguée.

– Gisèle, heureusement, tu es là... C'est Yvonne... L'intonation montait et descendait avec chaque syllabe, comme si nul contrôle ne pouvait être exercé sur des cordes vocales exténuées. Il faut absolument que je te parle.

– Je t'écoute, répondit Gisèle, s'efforçant au calme, dominant l'état quasi hystérique dans lequel elle-même se trouvait.

– Non, pas comme ça... Tu ne comprends pas... Il faut que je te parle... en vrai, acheva Yvonne à la manière d'une petite fille.

– Qu'est-ce qui se passe ? interrogea Gisèle avec le plus de patience qu'elle parvint à afficher.

– La chose la plus extraordinaire... un bonheur... une catastrophe... Dans l'incohérence la plus totale, les ellipses succédèrent aux ellipses, jusqu'à la proposition finale, prononcée avec un petit hoquet : je vais quitter Jacques.

– Et les enfants ? ne put s'empêcher de s'exclamer Gisèle, en sursautant au bout du fil.

– Justement, Gisèle, c'est pour ça qu'il faut absolument que je te parle, que je t'explique... Si tu savais...

Gisèle réfléchit rapidement, consulta sa montre et ne vit qu'une seule solution. Elle la proposa à sa sœur avec réticence, s'attendant à un refus :

– Viens me rejoindre ici, Yvonne. Je rentrerai ensuite

à Paris avec toi. Et je reviendrai demain matin. Personne n'a besoin de le savoir. C'est entre toi et moi.

– J'arrive dès que possible, avait répondu Yvonne sans hésiter une seconde. Elle qui ne faisait jamais de confidences, qui détestait conduire de nuit et n'avait aucun sens de l'orientation! Je te trouverai, avait-elle affirmé, péremptoirement. Merci Gisèle... Je savais que je pourrais compter sur toi... La voix avait repris de l'assurance. J'arrive.

Et quand elle était enfin arrivée, dans sa blondeur triomphante que la tension nerveuse fragilisait de manière exquise, elle s'était effondrée sur l'unique fauteuil du bureau, avait replié sous elle ses longues jambes à la peau douce qu'elle n'avait jamais besoin d'épiler, et avait laissé tomber de sa bouche parfaite les paroles les plus banales du monde : « J'ai rencontré quelqu'un », sans avoir conscience qu'elle allait devenir la complice involontaire d'une affaire autrement sérieuse.

*

Gisèle leva brusquement la tête en entendant des bruits de pas s'approcher rapidement de la porte qui s'ouvrit sur la silhouette un peu penchée de Jean-Pierre Foucheroux. Il avait l'air préoccupé et la regarda avec ce qu'elle prit pour de la suspicion. « Il ressemble vraiment à Al Gore », ne put-elle s'empêcher de penser en fixant obliquement les cheveux bruns sagement partagés par une raie sur le côté, le nez droit et le menton carré sous la bouche volontaire. « Il porte la même cravate qu'hier », se dit-elle ensuite. Et elle concentra son attention sur les rayures bleues et rouges qui s'accordaient parfaitement avec le blanc de la chemise et le bleu

196

marine du costume. Pourquoi gardait-il le silence? Et
où était Leila Djemani? Soudain, Gisèle désira, plus que
tout au monde, la présence de cette femme à qui elle
pourrait peut-être tenter de communiquer...

Comme en réponse à ce souhait, la porte s'ouvrit à
nouveau et l'inspecteur Djemani vint se placer sans un
mot aux côtés de son supérieur, dans une attitude d'attente respectueuse. Toutes les constructions mentales
que Gisèle avait élaborées sur le soutien tacite que lui
apporterait Leila s'évaporèrent et la pièce chavira autour
d'elle.

— Voulez-vous un verre d'eau? demanda d'une voix
neutre l'inspecteur Djemani.

Gisèle fit oui de la tête. La porte s'ouvrit, se referma,
s'ouvrit à nouveau et un verre transparent fut placé
devant elle. Elle avala une petite gorgée. Le commissaire
Foucheroux était resté debout et n'avait toujours pas
ouvert la bouche. Parce que le silence lui était intolérable, Gisèle se força à dire :

— J'ai promis à M. Larivière de l'aider pour la visite
de cet après-midi. S'il était possible de remettre cet
entretien à plus tard... puisqu'il est presque deux heures...

Contrairement à ce à quoi elle s'attendait, il ne leva
pas les sourcils avec désapprobation, ne lui répondit
pas avec une ironie cinglante que la police judiciaire
n'était pas à sa disposition, n'invoqua pas l'alinéa
numéro x d'un quelconque article du Code pénal lui
permettant de la détenir aussi longtemps qu'il le juge-
rait bon pour les besoins de l'enquête. Pire, il ne
répondit rien. Pas un muscle ne bougea sur son visage
impassible, rien ne transparut dans ses yeux gris, fixés
sur elle... Le même mutisme semblait avoir frappé
Leila Djemani, qui fit cependant un léger mouvement

en direction de son sac, révélant sans le vouloir une petite bosse du côté droit. « Ce n'est pas possible qu'elle ait un revolver », pensa stupidement Gisèle, alors que des bribes de reportages lus dans les journaux ou vus aux nouvelles télévisées lui revenaient en mémoire, en même temps qu'une avalanche de termes techniques, « Manhurin 357 magnum »... « 38 Spécial deux pouces »... La mémoire sélective continua mécaniquement son travail de filtre tandis que Gisèle luttait de toutes ses forces pour dissocier ce qu'elle voulait que Leila fût – l'alliée secrète, l'amie, la sœur – et ce qu'elle était : inspecteur de police.

– Tout le monde sera à la Maison de Tante Léonie. On a besoin de moi, s'entendit-elle poursuivre d'une voix rauque, se rattachant désespérément à son rôle social.

– Vous avez de la chance, mademoiselle Dambert, lui dit enfin le commissaire Foucheroux, nous avons également besoin d'être de la visite et nous ne voudrions pas vous priver de l'exercice de vos devoirs. Nous irons donc ensemble à la Maison à deux heures et demie. Mais d'ici là, vous avez le temps de nous dire ce qui s'est vraiment passé hier, quel était le sujet de votre dispute avec Mᵐᵉ Bertrand-Verdon et ce que vous faisiez dans sa chambre, à vingt et une heures cinquante. Nous vous écoutons...

Le pire était donc arrivé. C'était presque un soulagement, s'ils ne savaient rien d'autre, s'ils n'avaient pas connaissance du vol des cahiers. Gisèle vit Leila ouvrir un carnet de notes et sut qu'elle ne pouvait plus reculer. Elle avoua ce qu'elle put, en maquillant les faits, pour protéger Yvonne.

– Mᵐᵉ Bertrand-Verdon et moi avons eu un... différend

sur le programme de la réunion. Elle voulait annoncer un certain nombre de changements... elle avait l'intention de réduire les frais de personnel...

— Elle allait vous licencier? interrogea directement Jean-Pierre Foucheroux.

— C'était une possibilité parmi d'autres, admit Gisèle. Elle désirait partager avec les membres de l'Association sa décision de partir un an pour les États-Unis, la nouvelle de ses fiançailles avec M. de Chareilles et... et quelques autres projets.

— Lesquels?

— Elle voulait réorganiser l'Association... Une clé avait été égarée récemment et un document informatique perdu. Mme Bertrand-Verdon m'en tenait pour responsable et m'a accusée d'incompétence... Hier soir, j'ai pu récupérer le document sur l'ordinateur et ai pensé que je devrais le lui apporter immédiatement. Elle était en train de dîner quand je suis arrivée à l'auberge et ne voulant pas la déranger, j'ai glissé les pages sous la porte de sa chambre.

— Pourquoi nous avez-vous caché ces faits? demanda sèchement le commissaire Foucheroux.

— Je n'ai pas pensé que c'était important, répondit simplement Gisèle.

— Laissez-nous décider, voulez-vous, ce qui est important et ce qui ne l'est pas, lui fut-il rétorqué d'un ton sec. Vous étiez au courant, je suppose, des habitudes... diététiques de Mme Bertrand-Verdon?

— Mais oui, plus ou moins, admit Gisèle, un peu décontenancée par la question, mais rassurée de voir le cours de la conversation détourné loin du nom d'Yvonne.

— Vous savez donc qu'elle prenait toutes sortes de médicaments, en particulier des somnifères.

199

— Je sais qu'elle souffrait d'insomnie, répondit-elle.

— Et vous, mademoiselle Dambert, vous souffrez d'insomnie ?

— Parfois, confessa-t-elle.

— Et vous prenez des somnifères ?

— Rarement.

— Rarement, répéta le commissaire Foucheroux, en détachant chaque syllabe. Sur ordonnance ?

— Mon beau-frère est médecin, offrit-elle en guise d'explication, tandis que l'image d'un match de ping-pong lui traversait l'esprit.

— C'est fort pratique d'avoir un médecin dans la famille, n'est-ce pas ? Comment expliquerait-il, à votre avis, que l'on ait retrouvé une forte dose d'Halcion dans la confiture de pétales de roses que Mme Bertrand-Verdon consommait chaque soir, comme vous le savez, avant de se coucher ? Une dose qui aurait pu être mortelle pour toute personne non... mithridatisée ?

— Je ne sais pas, dit Gisèle à voix basse, en arrachant sans le faire exprès une des franges noires de son châle.

— Je crois que si, mademoiselle Dambert. Parce que c'est vous qui avez mélangé hier soir de l'Halcion en poudre à la confiture que Mme Bertrand-Verdon a absorbée ensuite vers dix heures, comme à son habitude. Nous avons un témoin. La question que je vous pose, c'est « pourquoi ? »

Gisèle avala une gorgée d'eau, respira profondément et répondit avec détermination :

— Je voulais qu'elle dorme. Elle avait eu une mauvaise journée, en partie à cause de moi. Je me sentais responsable... Je n'étais pas sûre qu'elle prendrait ses médicaments et quand elle ne les prenait pas...

— Quand elle ne les prenait pas, elle ne pouvait plus

cacher les symptômes de la maniaco-dépressive qu'elle était, finit-il à sa place. Et vous aviez peur d'un éclat. Je répète donc ma question : pourquoi ?

— Je voulais qu'elle dorme, réaffirma Gisèle. Ce n'est pas un crime...

— Le cliché est malvenu dans les circonstances présentes, mademoiselle Dambert, ne pensez-vous pas ? Ce n'est pas un somnifère qui a tué Mme Bertrand-Verdon, je vous l'accorde, mais il y a sûrement un rapport entre votre acte et celui de l'assassin. Lequel ? Il est impossible, pour le moment, de le savoir avec certitude mais c'est une question de temps et de patience. Nous reprendrons cette conversation dans la soirée. D'ici là, je vous saurais gré de ne faire aucune tentative pour quitter le village. Dans le cas contraire, je me verrais dans l'obligation de vous en empêcher par les moyens légaux dont je dispose. À propos, comment êtes-vous rentrée à Paris hier au soir ?

— En voiture, laissa-t-elle échapper. Et couvrant immédiatement sa bévue : en auto-stop.

— En auto-stop, vraiment, fit-il en écho. Et pourriez-vous nous donner les coordonnées de l'automobiliste qui vous a prise à bord ?

Gisèle secoua négativement la tête, de droite à gauche. Le commissaire Foucheroux insista :

— Une description du véhicule ?

Gisèle pinça les lèvres sans rien dire.

— C'est bien ce que je pensais, dit Jean-Pierre Foucheroux sans élever la voix. Dans ces conditions, le mieux est sans doute d'aller ensemble à la Maison de Tante Léonie, où nous sommes attendus. Vous nous y rejoindrez, inspecteur ?

— Bien, monsieur le commissaire, répondit Leila Djemani, tandis que Gisèle se levait et, obéissante, franchissait le seuil de la porte que Jean-Pierre Foucheroux avait ouverte pour elle.

Restée seule, Leila enfila des gants transparents, saisit délicatement le verre d'eau qu'elle avait apporté à Gisèle et le mit dans un sac en plastique. Elle ne pouvait s'empêcher de se demander quelles questions non posées avaient permis à la jeune femme de reprendre progressivement de l'assurance au cours de cet interrogatoire plus révélateur par ses silences que par les paroles échangées. Avant d'aller retrouver le groupe de visiteurs massés dans l'entrée de la Maison de Tante Léonie, elle se livra, en compagnie d'un officier de la P.J., à de curieuses opérations sur la poignée scintillante de la portière droite d'une *Renault* toute neuve, garée place Lemoine.

XXI

À quatorze heures trente précises, devant une assemblée attentive et frigorifiée, André Larivière, le nœud papillon bien en place, le cheveu blanc plaqué au crâne par un excès de brillantine, commença la visite commentée de la Maison de Tante Léonie avec sa citation favorite : « *Ce ne sont point les lieux où un grand homme est né et où il est mort qu'il faut visiter pour lui rendre hommage. Ce sont les lieux qu'il admirait entre tous...* »

Il ressortit rapidement de sa présentation que Marcel Proust n'était ni né ni mort dans la maison de sa tante paternelle, Élisabeth Amiot, née Proust, mais que les brefs séjours qu'il y fit, enfant, pendant les vacances, et avant l'apparition de ses crises d'asthme, avaient déterminé sa vocation d'écrivain. « Sans Élisabeth Amiot, pas de Tante Léonie, affirma-t-il avec force. Et sans Ernestine, la vieille bonne dont vous verrez la photographie en entrant, à gauche, dans la cuisine, pas de Françoise... » Et il continua une époustouflante série de parallèles entre l'abbé du temps de Proust et le curé du texte, l'église sur la place et Saint-Hilaire dans « Combray », le Loir et la Vivonne, citant les pages correspondantes, s'enflammant au fur et à mesure qu'il voyait poindre,

203

sur le visage de ses auditeurs, des traces de doute sur le fait que, sans le souvenir de cette maison particulière, Proust n'aurait jamais écrit *À la recherche du temps perdu*. Derrière lui, Gisèle souriait poliment, et, une fois dans la cuisine, « *...petit temple de Vénus (qui) regorgeait des offrandes du crémier, du fruitier, de la marchande de légumes* », désigna du doigt les objets auxquels le vieux guide faisait inlassablement référence.

Un peu en retrait, le commissaire Foucheroux observait avec la plus grande attention les moindres mouvements de Patrick Rainsford et de Guillaume Verdaillan. Il était clair que le professeur américain s'ennuyait à mourir et que les pages que récitait avec ferveur le vieux monsieur ne trouvaient aucun écho chez lui. Il n'était pas venu en touriste, il n'était pas là en lecteur, au contraire des autres personnes, émerveillées d'être dans le saint des saints, livres ouverts comme à la messe. Alors que Guillaume Verdaillan jouait le jeu de l'intellectuel parisien au sourire débonnaire, Jean-Pierre Foucheroux surprit plusieurs fois Patrick Rainsford à jeter des regards furtifs en direction de l'escalier et quand André Larivière se lança dans la lecture du passage commençant par : « *Cet escalier détesté où je m'engageais toujours si tristement, exhalait une odeur de vernis qui avait en quelque sorte absorbé, fixé cette sorte particulière de chagrin que je ressentais chaque soir* », le professeur américain, visiblement mal à l'aise, sautillant d'un pied sur l'autre, se détacha du groupe et se dirigea vers le petit salon, comme s'il ne pouvait plus supporter les explications que le guide fournissait sur une phrase révélatrice des rapports entre le narrateur et son père : « *La muraille de l'escalier où je vis monter le reflet de sa bougie n'existe plus depuis longtemps* » :

— C'est de la maison d'Auteuil où il était né, mesdames, messieurs, que parle ici Marcel Proust. Cette maison qui a disparu...

Jean-Pierre Foucheroux vit du coin de l'œil Leila Djemani entrer dans le couloir et lui fit un petit signe.

— Mission accomplie, lui chuchota-t-elle. Nous avons les empreintes.

— Parfait, lui répondit-il sur le même ton. Rainsford est dans le petit salon. C'est peut-être le moment...

— Je m'en occupe. Il ne restera plus que Philippe Desforge, puisque nous avons la pochette de M. de Chareilles.

— Ils ne sont pas ici, lui dit tout bas Jean-Pierre Foucheroux, tandis que la voix de Gisèle, prenant agréablement le relais de celle d'André Larivière, lisait avec une surprenante clarté la description de la chambre de Tante Léonie — « *D'un côté de son lit était une commode jaune en bois de citronnier et une table qui tenait à la fois de l'officine et du maître-autel...* » — puisque les tragiques circonstances, comme l'avait rappelé plusieurs fois André Larivière, ne permettaient pas de la visiter.

Fasciné par la métamorphose de la timide jeune femme en amoureuse des mots, et par l'intelligence profonde du texte que révélait son interprétation, Jean-Pierre Foucheroux vit à peine Leila Djemani entrer dans le petit salon, en prononçant un « Oh! » de surprise feinte lorsqu'elle surprit le professeur Rainsford en contemplation devant la photographie des trois frères Amiot.

Il fit aussitôt un commentaire désobligeant sur le mauvais goût de la petite-bourgeoisie française de la fin du XIXᵉ siècle, se moquant du porte-Coran placé devant la cheminée et de l'orientalisme débridé dont témoignaient les deux tableaux accrochés aux murs.

— Je ne vous ai pas offensée, au moins? ajouta-t-il, après s'être avisé que sa dernière remarque était loin d'être « politiquement correcte ».

— Nullement, se força à répondre Leila. Il paraît que cette pièce a été conservée dans l'état où elle se trouvait quand l'écrivain y venait, enfant. Le papier aux murs, le chandelier et la porte-fenêtre qui donne sur le jardin... Tenez, j'ai une photographie ancienne. Elle lui tendit une carte postale sur papier glacé, dont il se saisit sans délicatesse et à laquelle il jeta un vague coup d'œil.

— En effet, admit-il sans enthousiasme et en lui rendant la carte sans se soucier des traces de doigts qu'il y avait laissées.

— La porte est vraiment intéressante avec ce vitrail rouge et bleu, insista Leila. Quand il y a du soleil, on doit avoir une jolie perspective sur le jardinet.

— Sans doute, répondit laconiquement le professeur Rainsford, en jetant machinalement un regard à l'extérieur. Tout à coup il se crispa, et appuya une main mal assurée contre le dossier d'un fauteuil en bégayant : « La sta... la... » Son regard était fixé sur le cercle de terre noire au centre duquel aurait dû se dresser, gracieuse et souriante, la petite baigneuse.

— C'est votre première visite? lui demanda Leila, comme si elle n'avait rien remarqué, tout en rangeant la carte à plat dans son sac, entre deux feuilles de papier transparent.

Mais Patrick Rainsford s'était complètement ressaisi et, se tournant vers elle, un peu pâle mais sûr de lui, répondit avec une certaine arrogance, en contournant la difficulté :

— C'est la dernière, veuillez le croire. Dans mon pays on a depuis longtemps dépassé la méthode biographique et les pèlerinages littéraires ne font pas partie de nos obligations. Maintenant, si vous voulez bien m'excuser, j'aimerais aller rejoindre les autres.

— Mais certainement, dit Leila d'un ton égal.

Il se dirigea vers la salle à manger où le groupe était maintenant rassemblé, à l'écoute d'André Larivière, poursuivant sa démonstration.

— C'est dans *Jean Santeuil*, cette première esquisse du chef-d'œuvre que nous connaissons, que l'on trouve une image quasi exacte de cette salle à manger, était-il en train de dire. Et comme preuve, laissez-moi vous lire cet extrait : *« Mais les jours où Jean voulait avoir longtemps à lire avant déjeuner... »*

Leila se faufila à côté de Jean-Pierre Foucheroux et lui murmura dans l'oreille :

— C'est fait. Il ne s'est aperçu de rien. Il ne reste plus que Philippe Desforge.

— Bien, lui répondit-il tout bas. Philippe Desforge n'est pas là. Inutile d'attendre davantage. Faites envoyer le tout en urgent au laboratoire.

Leila quitta la pièce pour transmettre l'ordre donné au moment où le guide concluait sur un ton vibrant : « Mais c'est dans *Du côté de chez Swann* que le narrateur parle de la lampe que vous avez devant vous — tous les regards se levèrent ensemble vers le lustre vert au-dessus de la table — *" cette suspension à la lumière rassurante, qui ne connaissait,* écrit-il, *que ses parents et le bœuf à la casserole ! "* »

Épuisé par ses efforts, il s'épongea le front et donna d'un geste la parole à Gisèle, qui invita d'une voix persuasive les visiteurs à une rapide promenade au jardin. Ce n'était, selon elle, qu'un des multiples lieux réels utilisés par l'écrivain pour construire « le jardin de

Combray ». Ce commentaire lui valut un regard furibond de la part d'André Larivière qui était convaincu que c'était ici et nulle part ailleurs que se trouvait l'original.

Le commissaire Foucheroux fut le premier à sortir car il voulait choisir son poste d'observation. Il se mit debout sur la marche extérieure qui menait à l'arrière-cuisine, les pieds fermement posés sur la tête d'une salamandre qui était le motif récurrent des carreaux ébréchés, à côté de la pompe à eau. La petite troupe se répandit en cercle dans le jardinet, les uns admirant les treillis, certains « reconnaissant » la table en fer, le banc, la chaise en osier où s'installe le narrateur de la *Recherche* pour lire, d'autres s'extasiant sur l'énorme tilleul branchu ou la lanterne ancienne au-dessus de la porte vitrée de l'orangerie.

Le professeur Rainsford conversait, en souriant, avec une fraîche jeune fille blonde sur la signification véritable de l'expression « en fleurs ».

— Donnez-leur les matinées de lecture au jardin, ordonna André Larivière à Gisèle Dambert... Pages 297 et 309, s'impatienta-t-il, avant que son regard délavé ne tombât sur l'espace vide au milieu du parterre. Ah! les vandales! s'exclama-t-il. On nous a volé des livres, des photos, des rideaux mais une statue c'est vraiment le pompon!

Leila se rapprochait en toute hâte du vieillard au visage congestionné par la fureur dans le but de le rassurer quand elle vit Jean-Pierre Foucheroux mettre, verticalement, un index discret en travers de ses lèvres.

Aussitôt après, Gisèle Dambert calma, en trois phrases, les craintes du guide :

— Personne n'a volé la petite baigneuse, M. Larivière.

Théodore l'a rentrée hier à cause du gel. Je lui ai demandé de la mettre dans le bureau.

— On ne me dit jamais rien, maugréa André Larivière à l'adresse de la personne la plus proche de lui, qui se trouva être Guillaume Verdaillan. Maintenant on ne va pas pouvoir lire...

— Les fragments sur les statues, c'est dommage, commiséra ce dernier.

— Je vois que monsieur est un connaisseur, apprécia André Larivière, tandis que la voix de Gisèle, suivant ses instructions, donnait une vie nouvelle aux mots du texte : *« Par ces beaux jours, quand Jean se réveillait, il descendait au jardin... »*

Ne s'en tenant pas aux ordres reçus, elle lut aussi, comme pour narguer le vieux guide, le passage sous le marronnier : *« Dans une petite guérite en sparterie et en toile au fond de laquelle j'étais assis et je me croyais caché aux yeux des personnes qui pourraient venir faire visite à mes parents... »*

« Je parie qu'elle va oublier de leur faire entendre le grelot », murmura-t-il entre ses dents. Et, fendant la foule, il alla se placer devant le portail vert qui donne sur la place Lemoine, bien décidé à graver dans la mémoire des participants, *« le tintement criard, ferrugineux et glacé »* qui annonce l'arrivée de Swann dans le premier volume d'*À la recherche du temps perdu*.

Il était au beau milieu de sa réflexion quand la silhouette de Philippe Desforge se profila dans l'encadrement de l'autre porte. Plus terne que jamais, le visage couleur de cendre, des gants de cuir lui dissimulant entièrement les mains et les poignets, le sous-directeur des éditions Martin-Dubois s'approcha de Gisèle et lui dit quelques mots, auxquels elle acquiesça.

Après avoir fait trois fois tinter le grelot de fer, dûment enregistré par plusieurs magnétophones, André Larivière proposa à regret d'aller terminer la visite dans le petit salon, avant d'offrir aux visiteurs les trésors pour proustophiles dont débordait la salle de réception.

En passant devant le commissaire Foucheroux, Patrick Rainsford informa à voix haute sa jeune compagne que la police française, n'ayant aucun respect pour les deuils, l'avait empêché de se précipiter au chevet de sa grand-mère mourante.

– Quel menteur! infirma derrière lui, d'une voix amusée, une autre jeune fille blonde à une troisième. Je l'ai entendu ce matin demander à quelqu'un au téléphone de lui envoyer un télégramme prétendant que sa grand-mère était morte!

– Si vous voulez bien nous suivre, dit Jean-Pierre Foucheroux, en se plaçant à la droite de Patrick Rainsford, tandis que Leila se glissait adroitement à gauche, entre lui et la jeune fille.

Le professeur Rainsford n'ouvrit pas la bouche entre la Maison et la gendarmerie. Quand il fut assis dans la petite pièce où Gisèle Dambert avait été précédemment interrogée, il déclara :

– Je ne parlerai qu'en présence de mon avocat.

Le consulat lui avait conseillé la coopération avec les autorités françaises mais avait précisé qu'il avait le droit, en tant que ressortissant étranger, d'être représenté par un homme de loi habilité, dans le cas où surgiraient des difficultés particulières. Une secrétaire lui avait ensuite donné une liste de noms fort restreinte, car il avait insisté pour joindre un avocat bilingue, chose rarissime dans la province française. En fait, seul Cyrille Laucournet avait retenu son attention, quand on lui eut précisé que ce dernier avait fait un stage d'un an à Washington, pour le cabinet *Weisberg, Herman & Mikalson.*

— J'exige de parler à Me Laucournet, dit-il d'un voix stridente.

Jean-Pierre Foucheroux et Leila Djemani échangèrent un regard blasé et complice avant d'accéder à ses desiderata.

Me Cyrille Laucournet arriva une heure plus tard, l'air important, capable et distingué dans son costume de parfait petit avocat, que complétaient admirablement une paire de lunettes à monture en écaille et un attaché-case. Il demanda immédiatement à conférer, en privé, avec son client. Il conféra juste assez longtemps pour que le laboratoire puisse téléphoner à la gendarmerie les premiers résultats des analyses faites sur les objets envoyés en début d'après-midi. Jean-Pierre Foucheroux apprit ainsi avec intérêt que la statue semblait bien être l'arme du crime. Elle avait été lavée à l'eau et au savon mais avait conservé, en dépit de ce décapage qui s'était avéré sommaire, des traces de sang du groupe O$^-$ et quelques cheveux appartenant indubitablement à la victime. Deux empreintes digitales partielles avaient été identifiées comme étant celles de Patrick Rainsford et de Gisèle Dambert. Le reste des conclusions suivrait dès que possible.

Munis de ces renseignements, le commissaire Foucheroux et l'inspecteur Djemani entrèrent avec une nouvelle assurance dans la petite pièce où devisaient toujours Patrick Rainsford et son avocat.

— Je dois vous avertir, dit sévèrement le commissaire, que des éléments nouveaux sont intervenus. Non seulement Mlle Ferrand, qui est étudiante en littérature comparée, est prête à témoigner qu'elle vous a entendu ce matin, monsieur Rainsford, à la Ferme des Aigneaux, téléphoner à votre frère pour lui demander de vous envoyer un télégramme vous rappelant aux États-Unis, mais le laboratoire vient de nous confirmer que vos empreintes digitales se trouvent sur l'arme du crime. Voudriez-vous vous expliquer?

M⁰ Laucournet se pencha vers son client et lui murmura sans doute des paroles rassurantes, car Patrick Rainsford se redressa sur sa chaise et déclara avec fermeté :

— Je ne suis pas coupable.

— De quoi? demanda doucement Jean-Pierre Foucheroux.

— Du meurtre d'Adeline Bertrand-Verdon. Ce n'est pas moi qui l'ai tuée.

— Pourquoi alors chercher à vous enfuir? argumenta le commissaire.

— Précisément pour éviter de me trouver dans la situation présente, répondit avec une certaine irritation le professeur. À l'étranger, avec un système judiciaire archaïque... Un petit toussotement de son avocat l'avertit de ne pas poursuivre son discours dans cette dangereuse direction. Je voulais éviter les complications, finit-il piètrement.

— En dissimulant les faits?

Patrick Rainsford lança un regard dubitatif à son avocat et, sans répondre, se tortilla sur son siège comme un adolescent accusé du péché d'omission.

— En nous entraînant sur de fausses pistes? poursuivit implacablement le commissaire Foucheroux.

Patrick Rainsford ouvrit et referma la bouche sans que le moindre son en sortît, ressemblant soudain étrangement à un coûteux poisson exotique, privé des eaux tempérées de son aquarium de luxe.

— Supposons que vous nous disiez ce qui s'est réellement passé, maintenant, pour éviter, puisque c'est votre verbe d'élection, d'être accusé de faire obstruction à la justice? proposa suavement le commissaire.

Sur un geste d'assentiment de M⁰ Laucournet, Patrick Rainsford s'éclaircit la gorge et commença en hésitant :

— À propos de la dernière fois où j'ai vu Mme Bertrand-Verdon... Hum... J'avais rendez-vous avec elle avant-hier soir, après le dîner, pour mettre au point le texte de l'annonce de sa visite présumée aux États-Unis... Avec la bouche sèche des acrobates au bord de la plongée dans le vide, il se lança : Mais à la dernière minute elle m'a dit qu'une affaire urgente réclamait son attention à la Maison de Tante Léonie. Ne la voyant pas revenir, j'ai décidé d'aller à sa rencontre...

— Il était quelle heure? interrogea sans en avoir l'air le commissaire Foucheroux, profitant d'une légère pause.

— Vers onze heures et demie, je suppose, répondit Patrick Rainsford, en repoussant une mèche rebelle qui persistait à lui tomber sur le front. Je suis allé directement à la Maison. Quand je suis arrivé, tout était sombre, mais la porte n'était pas fermée à clé. Je suis entré. J'ai appelé plusieurs fois Mme Bertrand-Verdon. Ne recevant pas de réponse, je suis monté au premier étage et là...

Un frisson involontaire secoua le professeur Rainsford au souvenir de la suite. Jean-Pierre Foucheroux et Leila Djemani restèrent parfaitement silencieux. Ce fut M⁰ Laucournet qui, d'un simple battement de cils, encouragea son client à continuer son récit.

— La porte du bureau était grande ouverte. Il faisait

noir. Je suis entré et je... j'ai perdu l'équilibre, j'ai glissé sur... sur quelque chose de mouillé. En essayant d'amortir ma chute, j'ai posé la main sur... sur la statue qui était par terre, à côté d'Adeline Bertrand-Verdon. J'ai mis la main sur le sang qui recouvrait la partie inférieure de la statue. Il eut un brusque haut-le-corps. J'ai été pris de panique, avoua-t-il en avalant sa salive. J'ai pensé qu'on allait croire... avec l'empreinte de mes doigts sur la statue, j'ai eu peur... Je suis allé la laver à grande eau dans le cabinet d'en face et je l'ai remise à sa place dans le jardin, termina-t-il avec un air contrit.

— Vous vous rendez compte que votre intervention peut être interprétée comme une entrave délibérée au déroulement de l'enquête?

Ajustant ses lunettes, Me Laucournet prit alors la parole et à grand renfort de jargon juridique, plaidant sa cause avec grandiloquence, comme s'il était au tribunal, prétextant l'exténuation mentale de son client, obtint qu'il soit relaxé sur-le-champ.

— Vous croyez vraiment qu'il a dit la vérité? demanda Leila, sceptique, dès qu'elle se retrouva seule avec son supérieur.

— Sûrement pas toute la vérité, lui répondit-il. Mais je suis tenté de lui faire confiance pour l'histoire de la statue. Et je ne crois pas qu'il y ait grand risque à le laisser momentanément sous la « protection » de Me Laucournet. Passons à Guillaume Verdaillan, qui doit fumer d'impatience – dans tous les sens du terme –, si vous êtes absolument sûre que Philippe Desforge et Gisèle Dambert nous attendent à l'auberge.

— C'est ce que je leur ai ordonné de faire, suivant vos instructions, dit Leila, un peu surprise par l'inquiétude sous-jacente que trahissait la dernière phrase. Voulez-vous que je m'en assure à nouveau?

– Ce ne serait pas une mauvaise idée, si ça ne vous ennuie pas...

*

Resté seul, Jean-Pierre Foucheroux essaya d'analyser objectivement les raisons de son malaise. Quelque chose lui trottait dans la tête. Quelque chose flottait dans son inconscient. Une pensée qu'il était incapable de formuler, une image qu'il ne pouvait pas tout à fait reconstituer. Il se frotta longuement le genou. Il ne ressentit aucun soulagement quand l'inspecteur Djemani revint, souriante, lui affirmer que les deux autres « témoins » étaient tranquillement enfermés dans leurs chambres respectives, l'un occupé à lire, l'autre en train de se reposer, et que le professeur Verdaillan fumait, protestait et tempêtait comme prévu dans la salle d'attente de la gendarmerie, au grand dam de l'adjudant Tournadre.

Il était dix-huit heures dix.

La nuit était tombée.

XXII

Une fois le commissaire Foucheroux et l'inspecteur
Djemani sortis de la Maison de Tante Léonie, l'atmosphère s'était détendue considérablement. Il ne restait
plus, comme évidence des « tragiques événements » de
l'avant-veille, qu'un jeune gendarme imberbe en faction
sur le palier pour dissuader tout visiteur un peu trop
curieux d'accéder au premier étage. Dans l'ensemble,
d'ailleurs, les participants, satisfaits de leur bref séjour
en pays proustien, ne s'y risquèrent pas. Une dame d'un
certain âge, anglaise semblait-il, se plaignait bien d'un
cor au pied et une autre d'être venue de Hollande pour
ne pas voir la chambre de Marcel enfant, mais après
tout, le colloque avait eu lieu et la Maison avait pu être
partiellement visitée en dépit des circonstances.

Son discours officiel terminé, André Larivière offrit
à tous, en même temps qu'une propagande éhontée pour
l'achat de souvenirs, mille anecdotes sur l'histoire du
village, déplorant la lenteur des Monuments Historiques
à faire les réparations nécessaires, évoquant les noms
de rues aujourd'hui effacés et les cohortes de pèlerins
sur le chemin de Saint-Jacques-de-Compostelle. Il fut
plusieurs fois photographié et, après le départ du dernier

touriste, compta sou à sou la recette du jour, avec une grande satisfaction.

Ses pires craintes, l'arrivée intempestive de l'équipe de Ray Taylor ou le déferlement de journalistes locaux et parisiens, s'étaient révélées sans fondement. Mais il ne pouvait pas prévoir l'avenir et craignait que le désir légitime de visiter la Maison de Tante Léonie, haut lieu littéraire, ne soit temporairement remplacé par une curiosité malsaine vis-à-vis de l'endroit où avait été assassinée la présidente de la Proust Association. D'un autre côté, une augmentation du nombre des visiteurs signifierait un assainissement des finances, mises en péril par la gestion désastreuse de Mme Bertrand-Verdon, qui avait eu la folie des grandeurs.

Au moment où il allait prier poliment Gisèle Dambert, Guillaume Verdaillan et Philippe Desforge, qui discutaillaient dans un coin, de lui permettre de mettre un terme à la visite, il aperçut la grande étrangère brune qui se disait inspecteur de police, revenue comme par enchantement, s'avancer vers eux. Il l'entendit ensuite convoquer le professeur français à la gendarmerie et demander aux deux autres de bien vouloir rester à la disposition de la justice à l'auberge du Vieux-Moulin. Il soupira d'aise à l'idée que la Maison allait retrouver enfin le calme, la dignité, le sacré, dont elle n'aurait jamais dû avoir à se départir, en écoutant Gisèle Dambert accepter de se faire raccompagner en voiture par Philippe Desforge. Ces deux-là ne lui avaient jamais inspiré confiance et, somme toute, il tenait assez peu à s'éterniser dans le même endroit qu'un – voire deux – dangereux criminel(s) !

*

La *Peugeot* de Philippe Desforge était moins luxueuse que la *Renault* du professeur Verdaillan, qui venait de les quitter de fort mauvaise humeur, mais Gisèle s'y sentait infiniment plus en sécurité. Les quelques kilomètres séparant la Maison de l'auberge furent franchis en silence. Philippe Desforge se concentrait visiblement sur la conduite de son véhicule. Il portait des gants de sport qui détonnaient avec le reste de sa personne. Adeline parlait souvent de lui avec condescendance, avec mépris parfois, et Gisèle l'avait toujours trouvé pathétiquement courtois et trop accommodant. Elle avait assisté à des bribes de scènes, qu'elle préférait oublier. En bonne proustienne, elle comprenait pourquoi il s'était laissé si souvent humilier : en amour, celui qui aime est celui qui perd et cet individu au bord de la vieillesse avait aimé Adeline jusqu'à lui sacrifier le respect de soi. « Nous sommes tous des Swann », pensa-t-elle. C'est à cause d'un sentiment de compassion envers cet homme qui avait tout perdu qu'elle accepta de rester bavarder un moment avec lui au lieu de monter directement à sa chambre.

L'auberge du Vieux-Moulin s'enorgueillissait d'un salon de thé qui offrait un assortiment de pâtisseries maison – palmiers onctueux, éclairs au café, choux à la crème, millefeuilles, tartes aux fruits – pour accompagner les feuilles desséchées, venues de Chine, de Russie, des Indes, qu'un peu d'eau bouillante suffisait à transformer en revigorant breuvage.

– Adeline savait admirablement faire le thé, soupira Philippe Desforge, en faisant un signe de dénégation, de sa main encore gantée, à la jeune fille qui lui proposait un plateau de petits-fours.

— C'était en effet un de ses talents, put répondre Gisèle avec sincérité.

— Qu'allez-vous faire, maintenant, mademoiselle Dambert? l'interrogea-t-il avec un intérêt qui la surprit un peu, car il ne lui en avait jamais manifesté jusque-là.

— Je ne sais pas exactement, mais je voudrais soutenir ma thèse au plus vite.

— Avec Verdaillan? Il a la réputation de... comment dire... profiter du travail de ses étudiants.

— Il ne profitera pas du mien, répliqua Gisèle sur un ton plus amer qu'elle ne l'aurait souhaité, en s'apprêtant à avaler une gorgée de Darjeeling.

— Mademoiselle Dambert, je dois vous dire que je suis au courant... pour les cahiers, lui confia-t-il en se penchant vers elle et en reposant sa tasse sur sa soucoupe d'une main couverte de disgracieuses plaques rouges.

Sous l'effet de la surprise, Gisèle eut un brusque mouvement de désarroi et répandit le contenu de sa tasse sur sa jupe.

— Excusez-moi, murmura-t-elle, en se levant et se dirigeant vers les toilettes, moins pour minimiser les dégâts matériels que pour réévaluer la situation.

Quand elle ressortit, la tache avait presque disparu et sa décision était prise : elle lui dirait la sordide vérité, sur l'escroquerie dont elle avait été victime et sur le pacte qu'elle avait conclu avec son directeur de thèse.

*

Le professeur Verdaillan était blanc de rage quand on l'introduisit enfin dans la salle où les autres témoins l'avaient précédé. On ne faisait pas impunément attendre

219

un membre éminent de l'université de Paris-xxv et il avait composé mentalement divers brouillons de la lettre de récrimination qu'il entendait faire parvenir au Garde des Sceaux dans les meilleurs délais. Ce petit commissaire et sa ridicule assistante allaient en prendre pour leur grade. Il savait bien, pourtant, en son for intérieur, que cet accès de colère dirigé contre autrui avait pour objet premier d'occulter une autre émotion moins avouable : la peur. Guillaume Verdaillan avait peur d'apprendre qu'en dépit de leur accord, et de ses menaces, Gisèle Dambert avait parlé.

— Asseyez-vous, monsieur le professeur, le pria aimablement le commissaire Foucheroux.

— Il est un peu tard pour les formules de politesse, répliqua-t-il avec humeur. Savez-vous combien de temps j'ai dû attendre votre bon plaisir ?

— Le temps d'entendre les autres témoins. Toutes nos excuses... Permettez-moi de revenir avec vous sur un point particulier. Vous avez déclaré avoir quitté le premier Mme Bertrand-Verdon, après le dîner d'avant-hier soir. Maintenez-vous cette affirmation ?

— Le premier, le second, quelle importance ? rétorqua avec impertinence Guillaume Verdaillan.

— Quelle importance ? répéta le commissaire sans élever la voix. Disons... la différence entre une possibilité d'inculpation pour meurtre et le simple interrogatoire d'un témoin prêt à collaborer avec les autorités. À vous de choisir.

Le coup avait porté. Guillaume Verdaillan chercha machinalement ses cigarettes mais devant le regard d'avertissement de l'inspecteur Djemani renonça et dit :

— J'ai été le troisième à quitter Mme Bertrand-Verdon.

M. de Chareilles est parti le premier, puis Patrick Rainsford.

— Vous en êtes sûr?

— Tout à fait.

— Et vous n'avez pas vu Mlle Dambert?

Ah! Ah! se dit-il. Voilà le piège. Il fit l'innocent.

— Mlle Dambert? Bien sûr que non. Elle n'était pas au dîner. Pourquoi diable l'aurais-je vue? Elle a pris rendez-vous avec moi devant vous le lendemain...

— Elle nous a parlé... commença avec circonspection le commissaire.

— De sa thèse, compléta impulsivement Leila Djemani.

Le résultat que ces simples mots produisirent sur le grand professeur de l'université de Paris-XXV fut spectaculaire. Ses épaules s'affaissèrent, un tremblement incontrôlable agita ses mains et le regard du vaincu remplaça le masque d'arrogance qu'il avait jusque-là réussi à maintenir.

— Vous êtes au courant, bégaya-t-il, victime de ses propres angoisses.

— Nous le sommes, affirma gravement Jean-Pierre Foucheroux sans avoir la moindre idée de ce dont il s'agissait, et en évitant de croiser le regard de Leila. Nous aimerions cependant avoir votre version des faits, vous offrir une chance de vous expliquer.

— Je ne sais par où commencer, soupira Guillaume Verdaillan. Je suppose que tout a commencé le jour où Mme Bertrand-Verdon m'a annoncé qu'elle avait retrouvé les cahiers de 1905... Il fit une pause et, d'un même mouvement, le commissaire Foucheroux et l'inspecteur Djemani hochèrent la tête, comme s'ils savaient parfaitement à quoi il faisait référence. Vous comprenez que cette... découverte risquait d'invalider ma propre édition des œuvres complètes de Marcel Proust, à un moment où... enfin à une période critique dans le développement des études proustiennes. Jean-Pierre Foucheroux et Leila Djemani acquiescèrent à nouveau, tout en comprenant surtout que la période était moins critique pour le développement des études proustiennes que pour la réputation de l'éditeur. Mme Bertrand-Verdon m'a proposé un... compromis. Le mot fut prononcé du bout des lèvres. Elle m'a offert ses services de co-éditrice. Mais je dois admettre que même avant de savoir à qui appartenaient réellement les cahiers, cette solution ne m'agréait pas. J'ai toujours pensé qu'une édition doit être le travail d'une seule personne, si on veut garder un semblant d'uniformité, digressa-t-il, ne pouvant s'empêcher d'enfourcher son cheval de bataille, même au prix de sa liberté. J'ai donc cherché des moyens de dissuasion pour faire comprendre à Mme Bertrand-Verdon tous les inconvénients qu'il y aurait à une publication retardée et commune. Mais elle n'a rien voulu entendre et tenait à annoncer la chose comme étant faite au colloque...

Il intercepta le regard qu'échangèrent alors le commissaire Foucheroux et son inspecteur et ne se trompa nullement sur sa signification.

– Vous pourriez croire que ce différend entre elle et moi constituait un excellent motif pour souhaiter sa disparition, mais j'avais trouvé la parade pour faire renoncer définitivement Mme Bertrand-Verdon à ses ambitions éditoriales, poursuivit-il en s'étonnant de la facilité avec laquelle il s'exprimait. Par hasard, la semaine dernière, j'ai été invité à un dîner auquel participait également Max Brachet-Léger, le critique. Nous avions tous trop bu et il était particulièrement gai, si je puis dire. Au dessert, il nous a raconté, entre autres, qu'il avait été en classe avec Adeline Verdon et avait fort bien connu son premier mari. Ce fut vraiment un choc d'apprendre qu'elle avait été mariée et avec... hum... un ami... de M. Brachet-Léger. Vous imaginez l'effet qu'une telle révélation aurait pu produire sur quelqu'un comme M. de Chareilles, par exemple.

— J'imagine, dit le commissaire Foucheroux, qui ne comprenait que trop bien cette variation particulière de l'arroseuse arrosée. Et vous aviez informé Mme Bertrand-Verdon de votre... découverte?

— J'en avais bien l'intention, répondit sans nulle honte le professeur Verdaillan, mais elle n'était pas dans sa chambre après le dîner et j'ai remis au lendemain. Je ne pouvais pas savoir qu'elle... disparaîtrait entre-temps.

— Ni que la situation ne serait aucunement résolue puisque les cahiers ne lui appartenaient pas, intervint doucement Leila Djemani sur un geste quasi imperceptible de son supérieur.

— J'aurais su tôt ou tard qu'ils étaient la propriété de Mlle Dambert, reprit-il avec une certaine suffisance. Mais après tout, c'est mon étudiante. On peut toujours s'arranger avec ses étudiants. De toute façon, maintenant que les prétendus cahiers ont à nouveau disparu, elle n'a plus aucune preuve tangible. Sa thèse est réduite à une rocambolesque hypothèse de manuscrits découverts dans un tiroir, subtilisés par une patronne peu scrupuleuse, récupérés par effraction pour être finalement volés par des touristes italiens. Vous avouerez que son histoire ne tient pas debout.

— En regard des enjeux financiers et critiques de l'édition du siècle, sans doute, dit le commissaire Foucheroux d'un ton sec.

– C'est bien l'avis de Philippe Desforge, qui veut enterrer cette affaire au plus vite, confirma Guillaume Verdaillan, imperméable à l'ironie de son interlocuteur. C'est son intérêt, à vrai dire, autant que le mien.

– En quel sens?

– Oh! ce n'est un secret pour personne que son poste chez Martin-Dubois ne tient plus qu'à un fil, maintenant qu'il s'est séparé de Mathilde. Il a tout misé sur cette édition de Proust et ces derniers temps, il est dans un tel état de nervosité que son eczéma le fait plus que jamais souffrir. À tel point que...

– Ce sera tout, professeur Verdaillan. Nous vous remercions, dit Jean-Pierre Foucheroux en se levant si brusquement qu'il renversa sa chaise. L'adjudant Tournadre vous fera signer votre déposition.

Dans le couloir, il lança à Leila, éberluée :

– Gisèle Dambert est en danger.

*

Seule dans sa chambre après sa conversation avec Philippe Desforge, Gisèle s'était sentie vide de toute énergie et, contrairement à ses habitudes, elle s'allongea tout habillée sur le lit. Il fallait qu'elle se prépare à sa confrontation finale avec la police. Son regard tomba sur un bouquet de fleurs fraîches, artistiquement arrangées dans un vase bleu, qui lui rappela ceux qu'Yvonne insérait fréquemment dans ses tableaux. Elle n'essaya même plus de repousser le nom de sa sœur dans le tréfonds de son inconscient. Avant de faire face à la police, il lui fallait faire face aux révélations d'Yvonne.

Pendant une heure, dans le bureau, celle-ci s'était

répandue en confidences sur son merveilleux amant et elle avait décrit l'envers du décor de la vie avec Jacques.

— Tu ne peux pas savoir ce que c'est que l'ennui d'être femme de médecin, Gisèle... Tous ces dîners interminables avec des vieilles barbes qui emploient systématiquement des mots incompréhensibles pour le commun des mortels! Et ces voyages à n'en plus finir...

— Je croyais que tu adorais voyager, s'était gentiment étonnée Gisèle.

— Oui, d'accord, j'aime voyager. Mais quand tu as vu les pyramides deux fois, New York cinq ou six et Tokyo trop souvent, tu te lasses. Et puis je ne suis pas douée pour les langues, comme tu sais. Je préfère presque rester toute seule dans mon studio.

— Et les enfants?

— Les enfants, les enfants, ils grandissent. Ils n'ont pas tellement besoin de moi, finalement, entre l'école, les stages de ski, les vacances avec les grands-parents et leurs cousins. Et puis on a Jane, pour s'occuper d'eux, s'il y a un problème. Ma vie était si vide, avant, tu ne peux pas savoir...

Son regard se fixa rêveusement au plafond, alors qu'elle poursuivait :

— Je me suis mariée trop jeune, voilà la vérité. Je n'ai pas eu le temps de profiter de la vie. Jacques est bien gentil, je ne lui reproche rien, mais il n'est pas... tu vois... romantique ni très... hum... enfin nous ne nous sommes jamais si bien entendus que ça, physiquement, je veux dire...

Gisèle était trop stupéfaite pour répondre. Elle se rappelait parfaitement les doigts enlacés d'Yvonne et de Jacques pendant leurs fiançailles, les regards de désir qu'ils ne pouvaient réprimer, même en public, les joyeuses naissances de leurs enfants. S'il y avait bien un couple qui paraissait heureux, c'était celui de sa sœur! Elle se força à dire :

— Et le quelqu'un que tu as rencontré, il est romantique?

— Follement, follement...

Et Yvonne se lança dans la description minutieuse de tous les actes romantiques de l'oiseau rare qui lui avait révélé ce que c'était vraiment d'être une femme. « D'Emma Bovary à *Marie-Claire*! », ne put s'empêcher de penser Gisèle en interrompant les souvenirs personnels de sa sœur, qui frisaient maintenant le récit pornographique, pour lui demander de la conduire à l'auberge du Vieux-Moulin, avant qu'elles ne reprennent la route pour Paris. Plongée dans son univers intérieur, Yvonne ne la questionna pas et l'attendit sagement, les dix minutes requises, sous le couvert des grands arbres qui faisaient écran entre sa voiture et l'hôtel. Elle reprit sa phrase là où elle l'avait laissée en suspens quand Gisèle revint et lui dit de démarrer sans faire de bruit.

— Nous nous sommes rencontrés il y a trois mois, sept jours et... deux heures, continua-t-elle en regardant le cadran doré de la montre de chez Tiffany que son mari lui avait offerte pour son dernier anniversaire. À un congrès de médecins, à Vienne, figure-toi. Quand je pense que j'ai failli ne pas y aller! Mais heureusement il y avait une rétrospective Klimt, c'est ça qui m'a décidée. Et c'est là, devant *Le Baiser*, qu'il m'a embrassée pour la première fois...

— Fais attention à la route, murmura malgré elle Gisèle à sa sœur qui, toute à ses souvenirs, rasait dangereusement le bas-côté mal entretenu de la départementale.

— Nous nous sommes revus aussi souvent que possible

mais je ne veux plus, je ne peux plus vivre sans lui, affirma Yvonne, en donnant un grand coup de volant à gauche pour ponctuer sa détermination.

— Tu vas vraiment quitter Jacques et les enfants?

— C'est là où tu peux m'aider, Gisèle. Dans un premier temps, je compte m'installer toute seule dans un petit appartement très simple, tu vois, trois ou quatre pièces dans le Quartier Latin, où il me rejoindra quand il le pourra.

— Parce qu'il n'est pas libre? osa à peine demander Gisèle.

— En instance de divorce, répondit gaiement Yvonne, comme si c'était la chose la plus naturelle du monde. Sa femme est une horrible mégère que seul l'argent intéresse...

Bien entendu, se dit intérieurement Gisèle, en cessant d'écouter les clichés qu'égrenait avec délices sa sœur, jusqu'à ce qu'Yvonne répète avec insistance « ce soir, ce soir ».

— C'était ce soir que j'avais décidé d'annoncer la chose à Jacques mais il a eu une urgence à l'hôpital. C'est tout lui, ajouta-t-elle avec ressentiment.

— C'est peut-être un peu imprudent, Yvonne, de couper les ponts avec lui, risqua délicatement Gisèle. Pourquoi ne pas lui dire que tu as besoin de temps pour réfléchir? Pourquoi ne pas essayer une séparation temporaire et ménager l'avenir pour les enfants? Attendre...

— J'aurais dû me douter que tu ne comprendrais pas, « Mademoiselle Attention », s'emporta Yvonne. Tu es si timorée, ma pauvre Gisèle. Je te dis que j'ai rencontré l'homme de ma vie et tu me réponds d'attendre. D'attendre quoi?

— Que la situation soit plus claire, dit simplement Gisèle.

— Mais elle est claire, la situation, limpide même, rétorqua Yvonne en secouant avec impatience ses cheveux blonds. Je l'aime, il m'aime, nous voulons vivre ensemble... Bien sûr, il faut qu'on soit prudent pour ne pas effaroucher ses patients. Il est assez connu dans les cercles psychiatriques. Il a publié beaucoup de choses très controversées, il ne s'agit pas de prêter le flanc à des attaques sur sa vie privée.

— Il s'appelle comment? demanda Gisèle, saisie d'un horrible soupçon.

— Selim, Selim Malik, prononça Yvonne avec émerveillement.

Elle prit le silence épouvanté de sa sœur pour de la désapprobation et ajouta aussitôt avec humeur :

— Il vient d'une famille chrétienne libanaise, si tu veux savoir. Il est psychiatre à Sainte-Anne. Il est végétarien et il adore Corelli, comme toi.

— Arrête la voiture tout de suite, parvint à dire Gisèle, prise d'une irrépressible nausée.

— C'est bien le moment d'être malade, je t'assure, quand, pour une fois dans ma vie, j'ai besoin de toi! s'exclama Yvonne sans une ombre de sympathie.

La suite était brouillée dans l'esprit de Gisèle. Le trajet Chartres-Paris lui avait paru interminable et ce que voulait Yvonne, sa caution morale et son aide matérielle, impossible à donner. Elle ne savait plus par quels stratagèmes elle avait obtenu de sa sœur la promesse de rentrer chez elle, et de ne rien faire, de ne rien dire avant la fin de la semaine.

De la rue des Plantes où elle avait été déposée, Gisèle avait ensuite pris un taxi pour la rue Saint-Anselme, s'était introduite comme une voleuse dans l'appartement d'Adeline, avait ouvert son coffre avec la petite clé qu'elle lui avait dérobée, et avait repris, entre deux hauts-le-cœur, les quinze cahiers qui lui appartenaient.

Épuisée par le souvenir de cette nuit de cauchemar, elle s'endormit sur le lit confortable de la chambre n° 25 de l'auberge du Vieux-Moulin. Elle rêva qu'elle était en bas d'un grand escalier et que des rires et de la musique italienne s'échappant d'une chambre au premier étage, lui faisaient signe de venir jusqu'à eux. Arrivée devant la porte close, elle buta contre une obscurité factice et un silence théâtral, rempli de frémissements, de bruits de papiers froissés, de chuchotements à peine audibles, d'accords musicaux interrompus aussitôt que commencés. Brusquement, la porte se transforma en un rideau de velours rouge qu'un nain entrouvrit avec une œillade égrillarde. Et elle découvrit, sur un grand lit rond, au centre de la pièce, dont les murs étaient des miroirs, les cheveux blonds d'Yvonne répandus en cascade sur la poitrine nue de Selim... Elle vit leurs mains se tordre et leurs bouches se joindre. « Non! cria-t-elle. Non! » Mais il était trop tard. Elle voulut reculer mais une paroi de verre fit obstacle à sa fuite. Elle était prisonnière. Elle se cacha les yeux. Mais elle ne put s'empêcher d'entendre le rythme accéléré de deux respirations qui finirent en un cri qu'elle reconnut.

Le frôlement meurtri d'une feuille de papier glissée sous sa porte la réveilla en sursaut. Les joues brûlantes, Gisèle se leva d'un bond, ramassa le petit carré blanc luisant dans la pénombre et lut : « Sac retrouvé. Rendez-vous dix-neuf heures, étang de Mirougrain. Albert. »

Il était dix-huit heures vingt.

Il n'y avait pas une seconde à perdre.

XXIII

— Mlle Dambert est partie!

Les mots que le commissaire Foucheroux craignait le plus d'entendre furent prononcés avec calme par la propriétaire de l'auberge du Vieux-Moulin, affairée à vérifier les réservations pour le dîner du soir.

— Elle est allée faire une promenade et elle m'a chargée de vous dire qu'elle serait de retour vers huit heures. Elle avait l'air pressée.

— À quelle heure est-elle partie?

— Vers six heures et demie, répondit sans se troubler la patronne. Juste après M. Desforge. On lui a téléphoné de Paris et il vous a laissé un message.

— Donnez-le-moi, dit Jean-Pierre Foucheroux, avec une impatience non dissimulée.

— Voilà, voilà, dit-elle en sortant d'assez mauvaise grâce une enveloppe à l'en-tête de son établissement d'une pile de lettres diverses.

Il lut fiévreusement, en même temps que Leila, penchée au-dessus de son épaule.

« Monsieur le Commissaire,
Une affaire urgente me rappelle à Paris. Vous pouvez
me joindre dans la soirée aux éditions Martin-Dubois.
Téléphone : 45 99 62 33. Avec mes regrets de n'avoir pu
plus longtemps vous attendre,

Philippe Desforge. »

Jean-Pierre Foucheroux passa une main lasse sur un
front que la tension couvrait de fines ridules et ordonna :
— Donnez-nous la clé de la chambre de Mlle Dambert.
— Mais, monsieur le commissaire, elle l'a emportée
avec elle, protesta la patronne. Puisqu'elle va revenir...
— Vous avez un double ? Un passe ? demanda-t-il d'une
voix où l'urgence ne faisait aucun doute.
— Oui, mon mari a un passe-partout...
— Allez le chercher, vite... C'est une question de vie
ou de mort.
Quelques instants plus tard, Jean-Pierre Foucheroux
et Leila Djemani pénétraient dans la chambre qu'avait
occupée Gisèle. Ils remarquèrent aussitôt l'empreinte que
son corps avait laissée sur le lit, et un petit carré de
papier blanc déplié sur le bureau de style Louis-Philippe.
— Grâce au ciel ! murmura le commissaire Foucheroux, tandis que Leila, après avoir lu le bref message,
laissait involontairement échapper une sorte de gémis-
sement :
— C'est la même écriture...
Elle ne devait jamais oublier ce qui se passa ensuite.
Courant comme un fou jusqu'à la voiture garée devant
l'entrée de l'Auberge, Jean-Pierre Foucheroux, qui n'avait
pas conduit depuis trois ans, lui arracha les clés des
mains, prit le volant et, retrouvant soudain des auto-

matismes qu'il croyait avoir pour toujours oubliés, se dirigea à tombeau ouvert en direction de l'étang de Mirougrain...

*

Une heure auparavant, Gisèle avait pris des chemins détournés pour arriver à temps au rendez-vous qui lui avait été si curieusement fixé. Elle se demandait par quels moyens Albert avait bien pu récupérer son sac et pourquoi il avait choisi cet endroit isolé pour le lui remettre.

Mirougrain avait mauvaise réputation. À la fin du siècle dernier, une jeune femme aux mœurs bizarres, Juliette Joinville d'Artois, y avait vécu en recluse, avec un serviteur sourd-muet, ce qui avait fait beaucoup jaser. Elle avait utilisé ce qui restait des dolmens préhistoriques dispersés dans les champs alentour pour « décorer » les murs extérieurs de sa maison, qu'elle appelait orgueilleusement « son Temple ». Des rumeurs de culte satanique, de messes noires et de sacrifices sanglants étaient encore attachées au « rocher de Mirougrain », alors que la maison appartenait maintenant à une fort respectable famille parisienne qui en avait fait sa résidence secondaire. L'étang était en fait une poche du Loir qu'un gracieux pont de bois reliait à la terre ferme.

Il faisait sombre et froid. Gisèle suivait une succession de chemins creux et embourbés qui zigzaguaient à travers la « *région fluviatile* » que le narrateur d'*À la recherche du temps perdu* associe généralement, dans un des méandres de sa fantaisiste topographie, au côté de Guermantes. L'humidité ambiante la ramena insciemment, par un tour que lui joua la mémoire olfactive, à la nuit pluvieuse de son errance au bord de la Seine, au sombre jour où elle avait vu Selim pour la dernière fois.

Ils s'étaient donné rendez-vous, en fin d'après-midi, au *Sarah Bernhardt*. Elle avait répété, plusieurs fois, comme une actrice, la manière dont elle lui annoncerait la nouvelle. Elle s'était acheté une nouvelle robe, dans les tons qu'il préférait, elle avait mis, pour lui plaire, les lentilles de contact qui noircissaient son regard bleu. Quand elle lui dit qu'elle attendait un enfant, sa réponse lui causa une douleur plus vive qu'aucun enfantement.

— De qui ? interrogea-t-il sérieusement.

Quelques secondes s'écoulèrent avant qu'elle puisse retrouver de quoi articuler des sons. Le café tout entier tournoya autour d'elle. Les roses et les verts des boissons sur les tables se mêlèrent inextricablement. Elle lui demanda s'il plaisantait.

— Non, répondit-il sèchement, je ne plaisante pas. Je n'ai aucune idée de ce que tu fais de tes journées et de la plupart de tes nuits. Je ne passe pas mon temps à te surveiller.

Elle lui dit qu'elle attendait un enfant de lui.

Il pratiqua avec élégance une série d'épitropes, dont il ressortit que c'était son problème à elle et que bien entendu, il était prêt, financièrement, à assumer la responsabilité d'une interruption de grossesse.

Elle se mit à pleurer.

D'un geste péremptoire, il fit venir immédiatement le garçon, régla les deux consommations et se leva.

— Tu ne croyais tout de même pas... commença-t-il.

Par trois fois, il secoua la tête de droite à gauche, puis il haussa les épaules, comme pour déclarer son impuissance, et se dirigea droit vers la sortie.

Il n'y avait plus devant elle qu'une série de ronds de toutes les couleurs. Le rond vert de la table contenait le rond blanc d'une soucoupe où gisait un petit bout de papier déchiré. L'autre rond blanc d'une deuxième soucoupe laissait voir en son centre le rond noir de la tasse où restait du café et elle était restée longtemps penchée sur le rond jaune pâle de son verre taché en haut d'un demi-cercle rouge vif.

Elle avait ensuite tourné en rond, toute la nuit, sur les quais mouillés de la Seine, qui exhalaient une mauvaise odeur de vase et de boue. L'horreur de la décision lui fut épargnée trois semaines plus tard quand elle fut victime d'une chute qu'elle n'avait pas consciemment provoquée. Elle avait perdu l'enfant et elle avait bien failli mourir. Elle n'en avait jamais rien dit à personne et voilà que maintenant il allait, sans nul doute, lui falloir tout raconter à Yvonne.

Sans avoir rencontré âme qui vive, Gisèle arriva, à sept heures cinq, en vue du monticule sur lequel se dressait Mirougrain. Quelques minutes plus tard, elle franchissait le petit pont qui enjambait le Loir, et fouillait des yeux les ténèbres, à la recherche de la silhouette d'Albert. L'odeur écœurante de l'eau qui stagnait, emprisonnant des racines mortes, des débris de plantes aquatiques en décomposition et les cadavres de menus animaux lui monta aux narines. Elle s'aventura sur la petite planche en bois qui servait de pseudo-embarcadère pour embrasser d'un coup d'œil l'ensemble de l'étang. Un bruit soudain de branches écartées lui fit brusquement tourner la tête en direction du chemin qui montait vers une petite cabane de jardinier.

— Albert? dit-elle d'une voix mal assurée.

Et aussitôt après, les yeux grands ouverts par la sur-

234

prise, au moment où elle reconnut la personne qui s'avançait silencieusement vers elle :

— Vous ?

Elle ne comprit ce qui lui arrivait qu'au moment où elle tomba à la renverse dans l'eau croupie, poussée par des mains gantées dont elle n'aurait jamais deviné la force. Ses lourdes bottes et ses habits d'hiver l'entraînèrent immédiatement vers le fond boueux de l'étang. Les épingles de ses cheveux, noués en chignon, se dispersèrent avec de petits scintillements d'étoiles filantes. Le goût fade de l'eau glacée emplit simultanément sa bouche et ses narines tandis que ses cheveux défaits l'emprisonnaient comme de mortelles algues. Le monstrueux monde aquatique, avec ses têtards, ses araignées d'eau, ses portefaix, se referma sur elle comme un liquide tombeau. « Quand je toucherai le fond, je taperai du pied et je remonterai », se dit-elle le plus rationnellement possible. Mais, à cause de la position dans laquelle elle avait heurté la surface de l'étang, ce fut son épaule droite qui toucha d'abord un banc sableux qui ne la fit pas rebondir. Au prix de mille efforts, elle se contorsionna et réussit à frapper le sol meuble de ses deux pieds. Elle remonta à la surface, émergea, et emplit ses poumons d'une longue et libératrice bouffée d'air avant que deux mains impitoyables ne lui enfoncent à nouveau la tête dans l'eau. Elle se débattit furieusement, se cogna la tempe contre un clou du ponton en essayant de s'agripper à un des pilotis, et parvint, deux fois de suite, à sortir son visage hors de l'eau. Elle vit, avec horreur, à travers le rideau que formaient ses cheveux détrempés, une détermination forcenée luire dans les yeux de son bourreau, penché au-dessus d'elle. Littéraire jusqu'au seuil de la mort, Gisèle Dambert pensa absurdement à

235

La Mouche de Katherine Mansfield et sut qu'il n'y aurait pas de troisième fois. Elle allait mourir noyée comme le malheureux insecte repoussé contre son gré au fin fond de l'encrier. Elle crut entendre son nom, crié de loin, comme en écho, par une voix familière, avant de sombrer dans le noir tourbillon de la mort par asphyxie.

*

Dans un crissement de pneus qui fit voler en éclat le silence glacé de la campagne environnante, Jean-Pierre Foucheroux arrêta la voiture en haut du talus qui faisait face à la grille d'entrée de Mirougrain. Prenant à peine le temps de stopper le moteur, il sauta d'un bond du véhicule, fit deux enjambées et s'effondra sur l'herbe rase, sous l'effet d'une intolérable douleur. Une des broches en fer qui maintenaient en place son genou artificiel venait de céder et il resta cloué sur le sol humide et froid comme un pantin désarticulé et haletant.

— Courez, Leila, courez... hurla-t-il, alors qu'elle s'avançait vers lui la main tendue. Gisèle Dambert... Dépêchez-vous, inspecteur...

Elle n'hésita qu'un instant, supprimant le regard apitoyé qu'elle savait fort bien qu'il ne supporterait pas et se précipita en direction du plan d'eau en contrebas. Guidée par le son de glougloutements étouffés, de froissements indistincts, elle arriva au bord du ruisseau qui séparait le domaine de Mirougrain de la plaine alentour et, calculant son élan, franchit le cours d'eau dans la foulée. Atterrissant sans encombre de l'autre côté, elle aperçut vaguement, dans l'ombre, une forme accroupie

236

sur un ponton en bois vermoulu, qui semblait enfoncer une balle dans l'eau.

– Police! haut les mains! cria-t-elle en dégainant son arme.

La silhouette se releva immédiatement et porta la main à sa poche droite.

– Haut les mains! répéta l'inspecteur Djemani avec toute l'autorité dont elle était capable. Elle crut voir briller le bref éclat d'un objet en métal. Le regard apeuré de Gisèle lui revint en mémoire. Elle visa l'homme à la jambe et tira. Au moment où la balle quitta le barillet, il vacilla. Touché en plein cœur, il tomba comme une pierre dans l'eau noire, une main encore agrippée aux longs cheveux ruisselants de Gisèle Dambert.

Au moment où Leila se jetait dans l'eau agitée de fausses vaguelettes, les gros phares jaunes d'une ambulance, dont la sirène déchirait bruyamment la nuit, balayèrent d'une lumière crue la surface brunâtre de l'étang, crételée d'écume blanche.

*

« J'ai froid », se dit Gisèle, en essayant faiblement de ramener sur elle les couvertures du lit où elle était recroquevillée, dans un état de somnolence artificielle.

– J'ai froid, dit-elle à voix haute sans pouvoir immédiatement ouvrir les yeux. Elle avait l'impression que ses cils étaient collés les uns aux autres par une cire jaune, qui lui maintenait de force les paupières fermées.

– J'ai froid, répéta-t-elle. Et comme par magie, ces mots amenèrent au-dessus d'elle un visage rond et sérieux, surmonté d'une coiffe blanche, pendant qu'une main experte lui prenait le pouls.

– On se réveille ? dit la voix professionnelle de la jeune infirmière. Vous êtes à l'hôpital de Chartres, mademoiselle. Tout va bien, maintenant.

« Tout va bien ? », s'inquiéta Gisèle, sentant une aiguille s'enfoncer dans son bras gauche. Elle se rappela une bouche sur la sienne, des mains appuyées rythmiquement sur sa poitrine, un masque transparent qui lui avait été posé sur le visage et les premiers mots qui arrivèrent à sa claire conscience. Des mots triomphants. « Elle est vivante ».

« Je suis vivante », pensa-t-elle avec jubilation.

Et dans la chambre aseptisée, impersonnelle, qu'argentait par endroits un capricieux rayon de lune, paisiblement, elle s'endormit.

XXIV

Le lendemain matin, englué dans une bruine persistante, tout le village bourdonnait des rumeurs les plus fantasques, touchant aux événements violents qui avaient troublé la paix nocturne des confins du Perche et de la Beauce. Chacun y allait de son interprétation personnelle et l'épicerie de Mme Blanchet ne désemplissait pas. Un des faux bruits les plus courants était que la secrétaire avait assassiné sa patronne et, prise de remords, était allée se jeter dans l'étang de Mirougrain, mais avait été repêchée *in extremis* par M. Desforge, que la police avait tué par erreur. Une autre hypothèse faisait état d'un complot, fomenté par « des agents étrangers », déterminés à ruiner la réputation internationale du haut lieu littéraire qu'était la Maison de Tante Léonie, pour rentrer dans des fonds importants qui avaient été détournés par feu la présidente.

En dépit du mauvais temps, une nuée de journalistes s'était abattue sans merci au milieu des ruelles, dans les cafés, à l'entrée des magasins du village, magnétophone en main, caméra au poing, pour « interviewer » tout habitant ayant eu un lien quelconque, de près ou de loin, avec « l'affaire Proust ». La grande vedette, indéniablement, fut la femme de ménage qui avait découvert un des cadavres. Une équipe d'Antenne 10 avait assiégé sa petite maison en bord du Loir, avec l'intention de décrire « une journée particulière dans la vie d'Émilienne Robichoux », se disputant le privilège d'un entretien exclusif avec les gens de Ray Taylor, dans une aimable confusion bilingue.

Les pâtissiers avaient prudemment triplé leur confection de madeleines et de brioches, l'un d'entre eux allant jusqu'à afficher astucieusement : « Biscottes et pain grillé des avant-textes », dans le but de se débarrasser de ses invendus.

La Maison de Tante Léonie était close, mais André Larivière, infatigable, avait organisé, au pied levé, plusieurs circuits en autocar, en collaboration avec le syndicat d'initiative. C'était comme si la mort de Mme Bertrand-Verdon, suivie de celle de son meurtrier, avait exorcisé de vieilles haines, remplacées par une bonne volonté générale et une sorte de satisfaction douce-amère à l'idée que justice avait été faite.

*

Dans sa chambre d'hôtel, Leila Djemani était restée prostrée toute la nuit. Une seconde fois, elle avait dû choisir entre deux vies. Une seconde fois, elle s'était trouvée dans la situation du juge suprême... Une énième fois, elle se dit qu'elle devrait changer de direction si elle demeurait ainsi incapable d'assumer les retombées psychologiques de ses responsabilités d'officier de la Police judiciaire.

Un début d'aube grisâtre se faufilait à travers les

rideaux mal clos de la fenêtre qui donnait sur le derrière de l'auberge quand le téléphone sonna :

— Inspecteur Djemani? Je suis en train d'écrire le rapport, dit Jean-Pierre Foucheroux d'une voix sans inflexion particulière. Je me demandais si vous voudriez m'aider et si du café de Colombie suffirait à vous soudoyer.

— Donnez-moi dix minutes, répondit-elle, comprenant aussitôt qu'il n'avait pas dû dormir non plus, face à face avec une douleur physique quasi insoutenable et un sentiment d'échec encore plus insupportable.

La dernière fois qu'elle l'avait vu, elle dégoulinait d'eau sale et il était mi-assis, mi-couché, infiniment vulnérable, au bord d'un chemin creux, avec un infirmier le pressant vainement de se laisser étendre sur une civière. Le faible effort qu'il fit pour plaisanter « Vous avez tout de la Dame du Lac! », fut accompagné par une involontaire grimace de douleur qui démentit la légèreté du ton.

Dérisoires, les seuls mots qui lui vinrent aux lèvres furent :

— Philippe Desforge est mort.

— Mais Gisèle Dambert est vivante, avait-il aussitôt répliqué. Vous lui avez sauvé la vie.

— Oui, dit-elle lentement. Nous lui avons sauvé la vie.

— Pas nous, Leila. Vous. Vous lui avez sauvé la vie. Détournant le regard, il avait ajouté : Je regrette... Je suis désolé... Et après une longue pause : je suppose que je devrais démissionner.

Sous l'effet de la tension nerveuse, elle s'était alors mise dans une colère violente qui les avait également étonnés tous les deux, mais qui fut salutaire, puisque c'était d'abord de sa pitié qu'il ne voulait pas. Il avait refusé d'être transporté à l'hôpital mais elle obtint de lui la promesse de téléphoner au chirurgien qui l'avait opéré trois ans auparavant.

Quand elle frappa à la porte de sa chambre, elle fut accueillie par un : « Entrez, c'est ouvert » assez bourru.

Il était à demi allongé sur une bergère, un ordinateur portable ouvert devant lui, une tasse de café odorante à portée de la main.

— Servez-vous, dit-il en désignant la cafetière fumante posée sur un plateau à côté de lui. Vous êtes prête à écouter ma reconstitution.

Elle opina de la tête et s'assit sur le fauteuil qui faisait face à la bergère, après avoir mis un morceau de sucre dans sa tasse.

— Ce qui est fascinant, dans cette histoire, commença-t-il, c'est la personnalité de la victime. Elle ne laissait personne indifférent. On l'aimait ou on la détestait mais il n'y avait pas de demi-mesure. On ne saura jamais ce qui la poussait à toujours vouloir être en représentation, à briller, à éclipser, mais ce qui est clair, c'est qu'elle voulait tout avoir et qu'elle avait mis au point un plan d'action systématique pour forcer les portes de l'université — française et américaine, apparemment — et accéder à une position indélogeable au sein de l'aristocratie de province. Patrick Rainsford, Guillaume Verdaillan, M. de Chareilles n'étaient pour elle que des pions qu'elle poussait dans la direction qui lui convenait. Tous les moyens lui étaient bons pour arriver à ses fins. Pots-de-vin, chantage, sexe... À la veille de ce colloque, elle était enfin arrivée à ce qu'elle souhaitait, c'est-à-dire le contrôle total de son entourage immédiat. Elle avait compté sans une passion bien humaine : la jalousie.

242

Il fit une pause, finit sa tasse de café. Leila attendit la suite.

— Autant je suis convaincu que l'attentat à la vie de Gisèle Dambert était prémédité, continua-t-il, autant je suis persuadé que la mort d'Adeline Bertrand-Verdon fut le résultat d'un accident. Philippe Desforge avait découvert qu'elle allait annoncer ses fiançailles avec M. de Chareilles et mettre son nom à côté de celui de Guillaume Verdaillan sur l'édition qu'il ne pouvait pas se permettre de voir retardée. Tout son avenir était en jeu. Il a dû comprendre en un éclair quel jouet il avait été entre les mains d'Adeline ces derniers mois. Il avait divorcé pour elle, pris des risques professionnels énormes pour elle. On lui avait à peine pardonné la publication du *Guide du parfait proustien* qui avait perdu de l'argent et dont s'étaient moqués unanimement les critiques et voilà qu'elle le mettait à nouveau en première ligne, l'obligeant à défendre une décision éditoriale qu'il savait aberrante... Cette fois, elle était allée trop loin. Je suppose qu'il a dû la faire venir chez Tante Léonie sous un prétexte quelconque mais impératif, le soir du crime. Elle n'avait pas l'intention de ressortir, juste de parler directement, ou au téléphone, à Patrick Rainsford et à Guillaume Verdaillan, pour s'assurer que les mâchoires de tous ses pièges étaient prêtes à se refermer sur leurs victimes désignées. Elle est remontée dans sa chambre, a avalé ses deux cuillerées habituelles de confiture, sans savoir que Gisèle Dambert y avait ajouté de la poudre soporifique et s'apprêtait pour la nuit quand le téléphone a sonné. Philippe Desforge a-t-il déguisé sa voix, la menaçant de tout révéler sur son divorce, si elle ne venait pas sur-le-champ à la Maison de Tante Léonie? Ou bien l'a-t-il sommée de le rejoindre si elle voulait vraiment co-publier les œuvres complètes de Proust, avec le professeur Verdaillan ? A-t-il trouvé autre chose ? Toujours est-il qu'Adeline a eu assez peur pour se précipiter au rendez-vous qui lui était imposé, n'emportant, dans son affolement, que ses clés !

Leila eut brusquement la vision d'une bête aux abois. Rétrospectivement, elle ressentit pour Adeline, prise à son propre piège, une sorte de pitié désapprobatrice.

— Leur dispute a dû être épouvantable, poursuivit Jean-Pierre Foucheroux. Comment réagit-elle lorsque la menace se précisa ? Combien de fois dut-il la supplier de changer d'avis ? Nous ne le saurons jamais. Mais je suppose que finalement, elle a trouvé un biais, elle l'a humilié, elle l'a nargué. La statue de la petite baigneuse avait été posée par Théodore sur le bureau. Philippe Desforge s'en est saisi, dans un moment d'intense colère jalouse, et a frappé Adeline en train de le défier...

— Et il avait gardé ses gants, dit Leila, c'est pour cela qu'on n'a pas retrouvé ses empreintes digitales...

— Il avait gardé ses gants, en effet, pour cacher les marques de l'eczéma qui déparait affreusement ses mains. Mais voulant s'assurer qu'Adeline Bertrand-Verdon était bien morte, il les a enlevés et il a posé directement ses doigts le long du cou et sur le poignet de sa victime, laissant les traces de desquamation que mentionne le rapport d'autopsie...

— Mais pourquoi s'en prendre à Gisèle Dambert ? demanda Leila.

— Sans doute parce que c'était la seule personne qui pouvait à n'importe quel moment ruiner sa carrière d'éditeur : la propriétaire des cahiers.

— Mais puisque les cahiers ont été volés par des Italiens, au dire du professeur Verdaillan, en tout cas...

— Il reste quelques zones obscures qu'une visite à Mlle Dambert éclaircira sûrement. Curieusement, Philippe Desforge n'a pas perdu la tête après avoir commis l'acte irrémédiable. Il venait de faire disparaître la femme de sa vie mais il pouvait encore sauver sa carrière. Il s'est arrangé pour nous faire croire qu'il était en train de rentrer directement à Paris pendant que Gisèle Dambert, prise de remords, se suicidait par noyade. Je vous propose de nous arrêter à l'hôpital de Chartres, pour la voir. Le temps de féliciter l'adjudant Tournadre pour sa splendide collaboration et de mettre au point la version définitive du rapport officiel et nous pourrons nous mettre en route, vers dix heures. J'aimerais être au Quai des Orfèvres à midi. Nous devons voir Charles Vauzelle.

— Pour hier soir... commença Leila en se levant.

— N'en parlons plus, dit-il. J'ai rendez-vous à Cochin cet après-midi. Si seulement toutes les blessures étaient aussi faciles à arranger que les genoux artificiels !... Et Leila, pour Philippe Desforge...

— N'en parlons plus, le coupa-t-elle sans sourire.

Et elle sortit.

*

Patrick Rainsford s'était levé aux aurores, ayant accepté un peu légèrement l'invitation à déjeuner du professeur Verdaillan, tout à l'euphorie de savoir que le danger était écarté. Tout compte fait, bien lui en avait pris.

Entre un croissant et une tartine de confiture, il lui avait soutiré un certain nombre d'informations intéressantes, entre autres que la petite Dambert était une des valeurs montantes dans le domaine proustien. « Certainement une des étoiles de la relève », avait affirmé

245

Guillaume Verdaillan, tout en ajoutant avec un petit pincement des lèvres, comme si son café avait tout à coup pris un goût amer : « et dans la conjoncture actuelle, il ne nuit point d'être femme ».

Dès qu'il eut réglé ses frais d'hôtel, il prit la route de Chartres et trouva sans aucune difficulté l'hôpital où Gisèle Dambert venait d'être réveillée par une infirmière lui apportant un immense bouquet de fleurs, accompagné de la carte suivante :

« Avec tous mes vœux de prompt rétablissement, et en attendant le plaisir de vous entendre soutenir notre thèse, cordialement,

Professeur Verdaillan. »

Malgré les médicaments qui lui ralentissaient la pensée, Gisèle décoda parfaitement le message. Son directeur croyait que le marché tenait toujours. Elle ne parlait pas des cahiers. Il lui assurait la succession de son poste à l'université de Paris-XXV, dans deux ans. Elle ferma à nouveau les yeux, trop lasse pour se demander ce qu'elle allait faire. Des bruits de voix irritées la tirèrent de sa torpeur et Patrick Rainsford, tout sourire, briqué comme un sou neuf, fit irruption dans sa chambre.

— Alors, mademoiselle Dambert, vous vous sentez mieux, me dit-on.

— Un peu, concéda-t-elle.

— Je ne veux pas vous déranger mais je ne voulais pas repartir sans vous avoir vue. J'ai une proposition à vous faire...

Interloquée, la jeune femme l'écouta lui « proposer » de transformer sa thèse en doctorat américain et de

246

prendre en janvier prochain la sous-direction du Centre des Manuscrits Postmodernes dans une université fort connue de la côte est des États-Unis. Il avait besoin d'une généticienne... Le salaire était fort convenable et bien entendu, elle serait logée, à titre gracieux, à Hansford House, aussi longtemps qu'elle le désirerait...

– C'est vraiment... c'est fort aimable à vous d'avoir pensé à moi, lui répondit-elle. Je vous écrirai, dès que je serai en état de prendre une décision.

Patrick Rainsford allait insister quand une infirmière le menaça d'alerter son chef de service s'il restait une seconde de plus dans la chambre d'une patiente en dehors des heures de visite.

Une heure plus tard, un coup discret frappé à sa porte annonçait à Gisèle l'arrivée du commissaire Foucheroux et de l'inspecteur Djemani. « Ils ont une mine épouvantable », se dit-elle sans se rendre compte à quel point sa propre pâleur était effrayante. Leila avait de larges cercles bleus sous les yeux et ses traits tirés lui donnaient un air faussement asiatique. Jean-Pierre Foucheroux boita misérablement jusqu'à son lit. Elle lui suggéra d'étendre sa jambe sur deux chaises et à sa grande surprise, il s'exécuta sans un mot.

– Nous comprenons bien que vous n'avez nulle envie d'être ennuyée par mille questions, mademoiselle Dambert. Mais deux ou trois points restent obscurs et vous seule pouvez nous aider à les élucider, dit-il avec douceur. Vous sentez-vous assez forte pour le faire ?

– Si ce n'est pas trop long, dit simplement Gisèle.

Mais ce fut un soulagement de raconter, enfin, toute la vérité. Le cadeau d'Évelyne, la duplicité d'Adeline Bertrand-Verdon, les détails du plan qu'elle avait élaboré pour récupérer les cahiers volés, la visite à la ferme

Teissandier, la conversation avec Philippe Desforge, qui avait signé son arrêt de mort, quand il avait compris qu'elle ne céderait pas au marchandage que lui avait proposé Guillaume Verdaillan.

— Nous ne vous demanderons pas comment vous êtes allée à l'auberge du Vieux-Moulin, puis à Paris, chez Mme Bertrand-Verdon, le soir du crime, dit le commissaire Foucheroux. Ça n'a plus d'importance maintenant...

— Vous avez raison, lui répondit-elle, ça n'a plus d'importance. Je vais partir pour l'Amérique.

Il leva les sourcils, ce qui lui donna l'air un peu déçu.

— L'Amérique?

— Oui. Le professeur Rainsford m'a offert un poste. Je crois que je vais l'accepter... Elle faillit ajouter : « On ne vous a jamais dit que vous ressembliez au vice-président des États-Unis? », mais se retint juste à temps. Elle tourna son regard vers Leila et lui tendit la main en disant : « Merci ».

— De rien, répondit Leila avec plus de raideur que nécessaire. Prenez bien soin de vous, mademoiselle Dambert.

— Et vous de lui, murmura Gisèle dans un souffle. Vous viendrez peut-être me rendre visite, ajouta-t-elle plus haut.

— Pourquoi pas? dit le commissaire Foucheroux, en se redressant. Et pour les cahiers, je vais mettre mon ami Blazy, de Cannes, sur la piste. Si quelqu'un peut les retrouver, c'est bien lui. Je vous tiendrai au courant, si vous ne partez pas sans laisser d'adresse.

— Promis, lui dit-elle avec un sourire espiègle, qui lui donna l'air d'une toute petite fille. De toute façon, je vous dois de l'argent.

Quand ils furent partis, Gisèle se retourna dans son lit et ferma les yeux. Elle ne voulait plus penser ni à Yvonne ni à Selim. Ce n'était plus son histoire. Elle ne voulait plus mourir pour un homme qui avait été son genre. Elle avait perdu assez de temps. Elle se demanda seulement comment Katicha réagirait quand elle lui annoncerait qu'il allait changer de pays...

*

À Illiers-Combray, Émilienne avait eu son quart d'heure de gloire. Elle avait tiré tout le parti possible de ses souvenirs d'avant-hier et sa photographie souriait à la première page de tous les journaux locaux. Elle était maintenant affairée à préparer un souper fin pour Ferdinand, le garde-champêtre qui, après bien des tergiversations, avait accepté de venir dîner avec elle. Émilienne ne pouvait s'empêcher de sourire en pensant à la tête que devait faire sa sœur Jeanne! Elles se détestaient depuis l'école primaire. Elle mélangea à son potage une poignée d'herbes dont les effets étaient garantis par des siècles de sorcellerie blanche. Elle rajusta son chignon, enleva son tablier et posa une bouteille de muscadet au centre de la table. Ce soir, Jeanne risquait bien d'attendre son frère longtemps, très longtemps.

CET OUVRAGE
A ÉTÉ ACHEVÉ D'IMPRIMER
SUR ROTO-PAGE
PAR L'IMPRIMERIE FLOCH
À MAYENNE EN SEPTEMBRE 2009